Luisa war, wie alle kleinen Mädchen mit fünf Jahren, etwas ganz Besonderes. Sie war ausgestattet mit dieser bezaubernden Entschlossenheit, einen Wunsch erst dann aufzugeben, wenn er sich erfüllte.

Und Luisa hatte einen Wunsch.

Einen großen.

Sie wünschte sich einen Prinzen. Nicht für sich. Luisa hatte keinen Bedarf an Prinzen, nicht mal an normalen Jungs.

Noch nicht, betonte ihre Großmutter schmunzelnd, wenn das Gespräch darauf kam.

Aber die Jungen in Luisas Kindergarten, genauer in der Regenbogengruppe, eigneten sich nun wirklich nicht zu einem guten Prinzen. Sie waren albern, spielten nicht ordentlich, aßen nicht ordentlich, wuschen sich nicht die Hände und hatten ganz sicher kein Pferd zu Hause. Und zum Reden brauchte Luisa sowieso keine Jungs.

Sie hatte ja Lelah, ihre beste Freundin. Mit der konnte man wunderbar reden, aber was noch wichtiger war, man konnte mit ihr einwandfrei Barbie spielen oder Haare flechten. Oder beides. Luisa hatte langes, blondes, lockiges Haar und Lelah langes, glattes, dunkles Haar. Und natürlich fanden die Mädchen die Haare des anderen schöner.

Gestern hatte Luisa jedoch ihre Meinung bezüglich des Prinzen unerwartet ändern müssen, und jetzt wünschte sich Luisa mit aller Entschlossenheit einen herbei – und zwar für ihre Mutter.

Am gestrigen Morgen hatte Luisa gehört, wie ihre Mutter mit Luisas Großmutter am Telefon gesprochen hatte. Das taten die beiden eigentlich ständig, sofern nicht Luisas Oma ohnehin bei ihnen, in der kleinen gemütlichen Dachgeschosswohnung, war. Luisas Mutter hatte gesagt: »Ach, lass doch das mit den Geschenken, Mutti. Was ich mir wirklich wünsche, ist, dass ich mit euch beiden schön Heiligabend feiern kann. Und wir alle gesund sind, und so. Ja, Mutti. Ja, das sagt man so, ich weiß. Ich wünsche mir wirklich nichts. Ja, ein Schlafanzug wäre schon schön.« Luisas Mutter hatte gespielt genervt die Augen verdreht und Luisa sofort lachen müssen.

ANGELA OCHEL
Ein Weihnachtsmann
fürs Leben

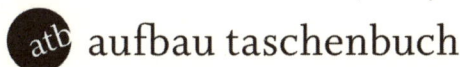 aufbau taschenbuch

ANGELA OCHEL, 1970 in Bielefeld geboren, arbeitete lange Zeit als Projektleiterin. Den Stoff für ihre Romane findet sie in ihrer eigenen Familie. Ochel lebt mit ihrem Mann und ihren zwei Söhnen bei Frankfurt am Main.

Im Aufbau Taschenbuch ist außerdem ihr Roman »Ein Baby und zwei Opas« lieferbar.

Mehr zur Autorin unter www.angelaochel.de

Zuerst ist die kleine Luisa etwas überrascht, als sie hört, dass sich ihre Mutter Susanne einen Mann in ihrer kleinen Familie wünscht. Wozu das denn? Zum Reden hat sie schließlich Oma und zum Liebhaben sie, ihre Tochter Luisa.

Aber schließlich ist nur einmal im Jahr Weihnachten, und so beschließt Luisa, ihr diesen Wunsch zu erfüllen. Heimlich, natürlich. Und es soll nicht irgendein Mann sein, nein, ihre Mutter soll einen Prinzen bekommen.

Aber wie findet man den?

Eine turbulente Suche beginnt, bei der Luisa ziemlich viel auf den Kopf stellt, einiges über die Liebe lernt und am Ende vor allem eins weiß: Erwachsene machen sich das Leben ganz schön schwer. Ein Glück, dass es Luisa gibt.

ANGELA OCHEL

Ein Weihnachtsmann fürs Leben

ROMAN

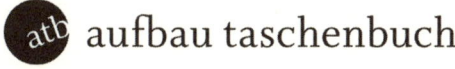
aufbau taschenbuch

MIX
Papier aus verantwor-
tungsvollen Quellen
FSC® C083411

FSC
www.fsc.org

ISBN 978-3-7466-3279-7

Aufbau Taschenbuch ist eine Marke
der Aufbau Verlag GmbH & Co. KG

1. Auflage 2016
© Aufbau Verlag GmbH & Co. KG, Berlin 2016
Umschlaggestaltung © Mediabureau Di Stefano, Berlin unter
Verwendung von Bildern von © lee avison / Alamy Stock Foto
und © Jake Olson / Trevillion Images
Gesetzt in der Sabon durch Greiner & Reichel, Köln
Druck und Binden CPI books GmbH, Leck, Germany
Printed in Germany

www.aufbau-verlag.de

☆

Für meine Geschwister

Kurz vor Weihnachten ...

Und dann fügte ihre Mutter hinzu: »Mutti, wenn man mir wirklich was schenken wollte, dann, ach, du weißt schon. Ja. Nein. Das geht nicht. Das ist alles zu kompliziert. Und wie soll das gehen. In dieser kleinen Wohnung und noch ein Mann am Tisch. Ja. Schön wäre es. Aber das ist zu kompliziert. Ja, gern habe ich ihn, aber er ist ein Träumer. Du weißt schon, ich bräuchte einen, keine Ahnung, einen mit einem richtigen Job, der sich um so Sachen kümmert wie Krankenversicherung und Altersvorsorge. So vorausschauend halt. Mit einem Plan. Ja, Vater, Mutter, Kind (sie lachte). Genau und Oma. (Lachte noch einmal) Und Kartoffelsalat.« Aber das Lachen klang ein bisschen traurig.

Luisa hatte nicht lange nachrechnen müssen, es fehlte ihrer Mutter offensichtlich ein Vater. Den Kartoffelsalat machte nämlich Oma.

Luisa hatte keinen Vater, was sie persönlich nicht schlimm fand. Bislang hatte sie ihn nie vermisst oder ihre Mutter gebeten, dass sie ihr einen Vater besorgen solle.

Daher war sie jetzt umso erstaunter: Offenbar wollte ihre Mutter selber einen haben. Also keinen Vater für sich, sondern einen Mann, der da war und den Eindruck machte, dass er in diese kleine Familie gehöre. Und falls er diesen Eindruck richtig gut machte, wäre er automatisch ein Vater für Luisa. Was sie kurz hatte aufhorchen lassen, war die Formulierung »wie eine echte Familie«. Offenbar war man ohne Mann nicht echt. Aber warum? Erwachsene waren immer so kompliziert!

Eins war auf jeden Fall nach diesem erhellenden Oma-Mama-Gespräch klar: Mama fehlte was. Sonst würde sie nicht zusätzlich zu ihr und Oma noch jemand um sich haben wollen.

Daraus ergab sich die entscheidende Frage: Wozu sollte dieser Mann gut sein?

Zum Reden brauchte man die ja nun wirklich nicht. Dafür hatte sie ja Oma. Und zum Liebhaben hatte sie schließlich sie, Luisa.

Wozu also einen Mann?

Da Luisa einfach keine Antwort einfallen wollte, obwohl sie lange darüber nachgedacht und dabei ihr langes Haar vorschriftsmäßig hundertmal mit ihrer pinken Bürste gekämmt hatte, versuchte sie diese Frage nun anders zu klären. Es war Dienstag vor Weihnachten und sie war auf dem Nachhauseweg vom Kindergarten. Ihre Großmutter hatte sie abgeholt. Das tat sie immer dann, wenn ihre Mutter Spätschicht hatte. Heute war das perfekt, denn Oma wusste alles, und man konnte sie auch so ziemlich alles fragen.

»Oma!«, begann Luisa ernst, genau in dem Moment, als sie das Backsteingebäude, in dem sich der Kindergarten befand, verlassen hatten. Es schien die Sonne, und es war kalt und trocken. Ein paar säuberlich zusammengekehrte Schneehäufchen säumten die Straßen und Bürgersteige.

»Ja, Schatz? Wie war es heute im Kindergarten?«

»Ja, war prima heute. Aber wir haben wieder diese langweiligen Weihnachtssterne gebastelt. Oma, ich hab da mal eine Frage: Warum will Mama einen Mann?«

»Wie kommst du denn darauf?« Ihre Oma nahm scheinbar unbeeindruckt Luisas kleinen Rucksack auf ihren Gepäckträger und schloss das große Damenrad auf, während Luisa ihren Roller holte.

»Ach, Oma. Du weißt schon. Gestern am Telefon, da hat sie das gesagt. Nur, was ich nicht verstehe ist, wozu Mama einen Mann braucht. Sie hat doch uns.«

»Oje.« Ihre Oma schaute kurz auf ihren Sattel, dann die Straße entlang und schob das Rad langsam neben sich her.

»Wieso ›oje‹, Oma?«

»Komm, wir gehen ein Stück.«

»Ist gut.«

Luisa wusste, dass ihre Oma immer gute Antworten gab, daher ging sie geduldig neben ihr her und wartete.

»Ach, Süße. Jetzt bin ich so alt geworden und merke gerade, dass ich manche Sachen immer noch nicht erklären kann. Also hör mal zu, Liebchen. Das ist jetzt etwas kompliziert, aber wenn du gut zuhörst, dann verstehst du das schon.«

Luisa nickte eifrig. Dass es kompliziert würde, hatte sie bereits geahnt.

»Also gut. Ich bin dagegen, irgendeinen Unsinn zu erzählen, den du dann doch nicht verstehst. Also. Liebhaben ist nicht gleich Liebhaben. Man hat seine Mutter völlig anders lieb als seine Tochter, und einen Mann hat man noch ganz anders lieb. Es reicht einfach nicht, eine Mutter und eine Tochter zu haben. Das ist so vorgegeben. Dagegen kann man nichts machen. Und sollte man auch nicht. Man sollte möglichst viele Menschen liebhaben.«

Die Oma schwieg einen Moment, während Luisa angestrengt darüber nachdachte. Es war wirklich nicht leicht zu verstehen. Und da ihre Großmutter das sicher besser erklärte als alle anderen auf der Welt, musste Luisa sich wohl mit diesen verwirrenden Worten zufriedengeben.

»Okay, Oma«, sagte sie. »Dann weiß ich das jetzt auch.« Und das war nur ein kleines bisschen gelogen.

Sie stiegen beide auf und fuhren das letzte Stück bis zur Wohnung ihre Großmutter. Als beide das Fahrrad und den Roller in die Garage schoben, hatte Luisa eine Erleuchtung.

»Oma, ist es so wie beim Rommé?«

»Was sagst du?« Ihre Oma hantierte unwirsch mit dem Garagentorgriff. Außerdem schien ihr Hörgerät einen kurzen Moment gepiepst zu haben.

»Rommé, Oma, ist es wie beim Rommé?« rief Luisa nun energisch.

»Wieso brüllst du so? Und warum willst du jetzt Rommé spielen. Aber gut, meinetwegen.«

»Nein, ob Männerliebhaben so wie beim Rommé ist?«

»Wie?« Ihre Oma strich sich nachdenklich über das Kinn. Dann hob sie ein welkes Blatt in ihrem Vorgarten auf. »Wie meinst du das jetzt, Liebchen?«

»Immer drei Karten, sonst darf man sie nicht rauslegen.«

»Ach, du bist ein cleveres Kind.« Sie lachte und klatschte einmal fest ihre eleganten Hände zusammen. »Ja, wie bei dem Kartenspiel, das ich dir letztens beigebracht habe. Ach, was werden dich mein Freundinnen lieben, wenn ich dich das nächste Mal mitnehme! Ja, beim Rommé braucht man mindestens drei Karten, bis man rauskommen kann.«

»Und wer nicht rauskommt, kann auch nicht gewinnen.«

»So ist es. Liebe ist wie Rommé. Dass ich da selber nie drauf gekommen bin! Und deine Mama ist die Herzdame und braucht einen König. Und du bist ihr Ass!«

»Könige sind wie Prinzen, nur in alt, stimmt's?«

»Stimmt genau. Ach, ich muss unbedingt sofort Renate anrufen, dass du das nächste Mal zu unserem Rommé-Nachmittag mitkommst. Die wird sich freuen!«

Trotz der guten Laune ihrer Oma merkte Luisa, dass es ihr doch ein kleines bisschen was ausmachte, dass ihre Mutter noch zusätzlich jemanden in der Wohnung haben wollte, um ihn liebzuhaben. Aber so ist das.

Manchmal schenkte Luisa Lelah auch etwas zum Geburtstag, das sie selber doof fand. Aber wenn es nun einmal so gewünscht wurde, musste man da durch.

Und wenn der Mann nett wäre, wäre doch eigentlich alles gut. Dann hätte ihre Mutter auch endlich jemanden, der ihr die Gurkengläser aufmachte, ohne dass sie gleich ein Loch in den Deckel hauen musste.

Aber nur irgendeinen Mann?

Nein. Auf gar keinen Fall!

Luisa fand, ein gewöhnlicher Mann durfte es nicht sein. Ihre Mama brauchte was Besonderes. Einen ganz tollen Mann. So einen, der die Welt rettet! Den hatte ihre Mutter letztens noch im Kino gesehen und dann drei Tage von ihm geschwärmt. Wie hieß er noch gleich?

Oder noch besser einen Prinzen. König ist zu alt. Ganz genau! Sie würde Mama einen Mann schenken, und der konnte nur ein Prinz sein. Ihre Mutter war nämlich die schönste Frau des Uni-wir-, des Uniwär-, also die Schönste auf der ganzen Welt. Weniger als Prinz ging also nicht. Später durfte der natürlich gerne König werden, aber erst, wenn er alt war.

Und so kam es, dass sich Luisa am nächsten Morgen, auf dem Weg zum Kindergarten, nichts sehnlicher wünschte als einen Prinzen.

Und zwar schnell.

Heute war schließlich der letzte Tag im Kindergarten und damit die einzige Möglichkeit, sich unbemerkt ins Kaufhaus zu schleichen. Denn dass die Geschenke nicht vom Weihnachtsmann kamen, wusste sie schon.

Sie hatte sich schon seit dem Aufwachen den Kopf zerbrochen, wie sie am besten alleine einkaufen gehen könnte, und dann, während sie ihr Karamell-Erdbeer-Schoko-Müsli in der kleinen Küche knusperte und ihre Mutter hektisch durch die Wohnung rannte, hatte sie auf einmal die Idee! Ganz klar, sie musste einfach vor dem Mittagessen im Kindergarten abgeholt werden. Und zwar – ohne abgeholt zu werden. Details dieses Plans lagen allerdings noch gänzlich im Dunkeln.

Das Kaufhaus, in dem ihre Mutter arbeitete, das vor allem aber der Ort war, an dem Luisa vermutete, einen geeigneten Prinzen für einen guten Preis zu bekommen, lag nicht weit vom Kindergarten entfernt. Zu Fuß schnell zu erreichen, im Grunde nur ein Stückchen die Straße entlang. Den Weg kannte Luisa natürlich auswendig. Das war nicht das Problem. Die eigentliche Schwierigkeit lag darin, Heike, ihre Kindergärtnerin, zu überlisten. Heike ließ die Kinder nämlich nur gehen, wenn sie auch tatsächlich abgeholt wurden. Und damit war heute leider nicht zu rechnen. Luisas Mutter musste bis zum späten Nachmittag arbeiten, damit sie morgen, an Heiligabend, frei bekam.

Luisa stand mit allen anderen Kindern am Fenster und sah in den Garten hinaus, wo etwas Schnee lag. Ein paar Jungs quengelten, sie wollten unbedingt noch einen Schneemann bauen.

»Kurz bevor ihr abgeholt werdet, dürft ihr raus. Okay? Ihr macht euch sonst zu nass und dann erkältet ihr euch«, sagte Heike lächelnd und klapperte mit der Autokiste, womit sich die Jungs schnell ablenken ließen. Jungen konnte man immer mit der Autokiste ablenken.

»Luisa, hilfst du der kleinen Leonie-Zwei?«
Heike und Luisa waren sozusagen die einzigen
richtig großen Mädchen hier in der Gruppe. Und
Lelah natürlich …

Luisa war fünf und kam nächstes Jahr in die
Schule. Und Luisa kümmerte sich gerne um LeonieZwei, die erst drei Jahre alt war, also quasi
noch ein Baby.

Im ganzen Kindergarten gab es drei Leonies,
überhaupt fingen viele Namen in ihrer Gruppe
mit L an: Lasse, Lara, zweimal Laura, Lilli, Lana,
Laleh. Und natürlich gab es auch den Namen Luisa zweimal. Erst war sie ziemlich ärgerlich darüber gewesen, als KleinLuisa kam. Die war auch
erst drei und wirklich noch ein Baby (sie heulte,
wenn ihre Mutter zur Arbeit gehen musste). Aber
Kleinluisa hatte schöne Haare, die sie sich bereit-
willig kämmen und flechten ließ. Das hatte Luisa
schnell besänftigt. LeonieZwei hopste vor Luisa
aufgeregt auf und ab. Sie bekam den Knopf ihrer
Hose nicht auf und musste auf die Toilette. »Nun
hops nicht so rum, sonst findest du nie einen
Mann!«, sagte Luisa und versucht ebenso streng
zu gucken wie ihre Oma, obwohl sie sich selbst
davon auch nie beeindrucken ließ.

»Soll ich mitgehen?«, fragte Luisa, einer Eingebung folgend, denn sie hatte Laleh im Waschraum gesehen. Dort konnten sie ungestört miteinander flüstern.

»Oh ja, wenn du das machen könntest, wäre das wunderbar.«, seufzte die Erzieherin dankbar, die gerade einen Jungen verarzten musste, weil der sich an einem der Autos geklemmt hatte.

»Klar, mache ich! Ach, Heike! Ich werde heute übrigens mittags abgeholt. Mama braucht noch ein Geschenk!«

»Gut zu wissen. Hoffentlich schaffe ich den Nachmittag ohne dich!«, sagte Heike mit einem Zwinkern.

Luisa war froh, dass sie Heike helfen konnte, denn sie hatte ein schlechtes Gewissen, weil sie sie angelogen hatte. Zumindest ein bisschen. Das mit dem Geschenk stimmte ja.

Leon ließ sich gerade von Laleh die Hände abtrocknen. Laleh hatte schönes, langes Haar. Sie trug es heute offen und wenn sie den Kopf bewegte, schwang es hin und her. Sie war allerdings nicht nur deshalb Luisas beste Freundin. Natürlich nicht. Die beiden Mädchen waren beste Freundinnen, weil ihre Mütter auch beste Freundinnen waren. Gab es einen besseren Grund?

Die beiden Mädchen ließen Leon schließlich gut abgetrocknet zurück in die Gruppe laufen.

»Ich muss meiner Mama einen Prinzen kaufen«, eröffnete Luisa schließlich ihrer Freundin ihren Plan.

Laleh nickte. »Prinzen sind gut. Aber wo bekommst du einen her?«

»Ich dachte, ich gehe heute ins Kaufhaus.«

»Hat deine Mama nicht Spätschicht? Und deine Oma einen Friseurtermin?«

»Ja.«

»Oh. Problem.«

Das Gute an Laleh war, dass man ihr nicht viel erklären musste, sie wusste immer sofort, was los war.

»Du musst mir nachher helfen, damit Heike nicht merkt, dass ich gar nicht abgeholt werde.«

»Hm.« Lelah grübelte.

»Hm.« Luisa nickte.

Sie setzten sich an den Rand des hübschen Waschbeckens, als Lionel reinkam und sie mit großen Augen ansah.

»Lionel, dein Schuh ist offen, komm her, ich mache ihn zu«, Lelah beugte sich zu dem Fuß. Lionel wurde rot. Luisa kannte das schon. »Jungs!«, seufzte sie.

Lionel verdrückte sich nur widerwillig, er war gerne in der Nähe von Lelah. Jeder wusste das. Zumindest jedes Mädchen. Jungs merken das ja eigentlich nie. Nicht mal die betroffenen.

Ob das beim Prinzen auch so wäre?

»Ich weiß, wie wir es machen, Lu.«

»Was meinst du, Le?« Luisa schreckte aus ihren Prinzenkaufträumen hoch.

»Dass du hier wegkommst, Lu.«

»Ach ja?«

›Lu‹ und ›Le‹ waren ihre geheimen Heldinnennamen. Später wollten sie sich damit T-Shirts bedrucken lassen. Oder Barbie-Puppen erfinden, die so hießen.

»Lass mich nur machen, Lu!«

Auf ihre Ko-Heldin war Verlass, das wusste Luisa, und erleichtert schlenderte sie in die Gruppe zurück. Mittlerweile wurden Weihnachtssterne gebastelt, mal wieder. Sie hatten die ganze, lange, lange Zeit (eine vierfache Ewigkeit, wie Oma zu sagen pflegte), seit dem ersten Advent und damit seit der ersten Kerze am Kranz, langweilige Weihnachtssterne gebastelt. Sie war froh, wenn das vorbei war.

Heike packte schon die kleinen Tüten zusammen, die die Kinder an diesem Tag mit nach

Hause nehmen würden, um sie ihren Familien zu schenken.

»Luisa, kannst du bitte Lasse helfen, er hat sich die Finger verklebt.« Heike kicherte fröhlich. Sie ließ sich durch nichts aus der Ruhe bringen und hatte jeden und alles im Blick. Also ging Luisa mit Lasse zum Klo und wusch ihm die Finger.

»Immer diese Jungs, ob sie so einen dauerhaft an ihrem Tisch haben wollte, wusste Luisa nicht. Aber wenn Mama ihn sich wünschte …

Endlich war es Mittag, die ersten Kinder wurden abgeholt.

Es war immer das Gleiche: Die abgeholten Kinder ließen sich nur mühsam von ihren Spielgefährten, die noch bis zum Nachmittag blieben, trennen.

Lelah flitzte auf Luisa zu. »Sag Heike noch mal, dass du heute früher abgeholt wirst. Und zieh dir schon die Schuhe an, Lu!« Sie wirkte sehr entschlossen.

»Gut. Mach ich.«

»Wo ist Lionel, den brauch ich.« Lelah ging zur Spielecke und zog ihren kleinen Bewunderer von der Autokiste weg.

»Ich wollte schon mal Tschüss sagen!«, sagte

Luisa mit leicht piepsiger Stimme, als sie neben Heike stand, die seelenruhig zum hundertsten Mal verkündete, dass nur derjenige Essen bekam, der sich auch die Hände gewaschen hatte.

»Wirst du denn schon abgeholt, Luisa?«

»Äh.« Luisa wurde unsicher. Ihr kroch das Blut in den Kopf. Sie konnte unmöglich Heike anlügen, Heike war doch ihr großes Vorbild. »Nein, aber gleich. Wir haben es eilig, wir müssen noch ein Geschenk kaufen.«

»Die LeonieZwei wird abgeholt!«, brüllte in genau diesem Augenblick Lelah von draußen. Die Genannte hüpfte erschrocken hoch. »Oh nööö!«

»Frohe Weihnachten und einen guten Rutsch! Wir sehen uns dann im neuen Jahr!«, rief die Mama von LeonieZwei in den Raum.

»Ja, alles Gute! Bis im neuen Jahr!« Heike nickte.

»Carlo wird abgeholt!«, brüllte jetzt Lelah in den Raum und Lionel, der es nicht fassen konnte, dass Lelah seine Hand hielt, quiekte fröhlich mit: »Carlo wird abgeholt!«, und dann riefen es auch andere: »Carlo wird abgeholt!«

»Ich hab es schon gehört!«, lachte Heike, als Carlo noch einmal kam, um sich von Heike zu verabschieden.

»Mach es gut. Und schöne Ferien!«

»Ciao, Heike!«, sagte der Kleine ernst und ging.

Und genauso ging es weiter. Lelah rief einen der Namen und alle stimmten mit ein.

»Ornella wird abgeholt!«

»Emre wird abgeholt!«

Und dann endlich:

»Luisa wird abgeholt!« Und alle stimmten mit ein, ohne dass auch nur ein Kind bemerkte, dass Luisa gar nicht abgeholt wurde.

»Luisa wird abgeholt! Luisa wird abgeholt!«, rief Lionel begeistert und sah nur auf Lelah, die ihm dafür lobend zunickte.

»Mach es gut, Luisa. Bis zum nächsten Jahr!« Heike reichte ihr die kleine Tüte mit dem Selbstgebastelten. Luisa grinste etwas unsicher und lief aus dem Zimmer, vorbei an Lelah, die ihr zuwinkerte, und an Lionel (der überhaupt nichts anderes sah als Lelah neben sich).

Endlich stand Luisa auf dem Gehweg vor dem Kindergarten. Alleine.

Wie aufregend war das denn!

Es war überhaupt nicht weit bis zum Kaufhaus. Sie musste nur die große Straße ein Stückchen entlanglaufen und dann kam ein Platz. Dort standen fünf große Häuser und in der Mitte ein alter Springbrunnen, der aber heute nicht sprang, da Schnee drauf lag. Das größte Haus war das Kaufhaus Wunder. So hieß es nämlich wirklich: Kaufhaus Wunder.

Die Leute nannten es nur das Wunderkaufhaus.

Na, wenn es da keinen Prinzen zu kaufen gab, dann wusste Luisa auch nicht, was mit der Welt nicht stimmte.

Sie stopfte sich ihre kleine Tüte in die Jackentasche und überprüfte, ob ihr langes, blondes Haar ordentlich lag. Das Kaufhaus war nämlich vornehm.

Oma sagte das. Es wäre das vornehmste Haus am Platze gewesen, früher. Und »vornehm«, das konnte man hören, wenn Oma das Wort aussprach, war was Gutes.

Luisas Mutter arbeitete im Wunderkaufhaus. Und zwar in der ersten Etage in einer Ecke, wo man schöne Bilder von sich und seinen Kindern machen lassen konnte. Sie war Fotografin. Jetzt, so kurz vor Weihnachten, hatte sie sehr viel zu tun, weshalb es unmöglich gewesen war, am Heiligabend, also morgen früh, frei zu bekommen.

Aber von solchen Schwierigkeiten erzählte Mama Luisa nie. Mama sagte zu ihr immer nur, alles wäre gut und prima und dass sie die glücklichste Frau auf der ganzen Welt wäre, weil sie Luisa hätte und die Großmutter. Ohne Luisa und ohne Oma ginge nichts. Aber mit wäre alles bestens.

Wenn die Mutter überhaupt mal von Problemen redete, dann nur am Telefon zu Oma oder in der kleinen Küche. Dann musste Luisa es ziemlich clever anstellen, um das Gespräch zu belauschen.

Luisa war immer noch etwas schockiert, seit Mama gesagt hatte, ihre fehle ein Mann, also ein

Vater für Luisa. Einen Vater, das wusste Luisa, hatten manche Kinder und manche nicht. Und Maximilian aus einer anderen Kindergartengruppe, der hatte nur einen Vater, gar keine Mutter. Das stellte sich Luisa fürchterlich vor. Wahrscheinlich standen bei den beiden zu Hause überall nur Autokisten rum.

Eine Mutter, so sah das Luisa, war unverzichtbar. Und eine Großmutter. Und wenn man dann noch Zeit und Platz hatte, dann konnte man noch einen Vater dazu nehmen.

Der Unterschied von einem Mann zu einem Vater, das ahnte Luisa, hatte was damit zu tun, ob ein Mann auch nett zu Kindern war, und ob er gewillt war, diese Kinder morgens zum Kindergarten zu fahren (Väter haben immer Autos) und zu den Aufführungen zu kommen, um dort Fotos und Filme zu machen (Väter haben alle Handys). Väter halfen bei Kindergartenfesten am Grill (Väter grillen immer). Dafür waren Väter da.

Darauf musste sie also auch achten, wenn sie gleich den Prinzen aussuchte. Andererseits würde ein Prinz diese kleinen Aufgaben sicher spielend meistern.

Luisa stand jetzt etwas aufgeregt und ziemlich stolz vor dem Kaufhaus. Bis jetzt hatte alles super geklappt. Der Rest war sicher ein Kinderspiel. Wie jedes Mal, bevor sie das Kaufhaus betrat, blickte sie an der prächtigen Fassade hoch. Da war das große Bild von Herrn Wunder. Ein unfassbar netter Mann. Sicher ein wundervoller Vater. Leider hatte Luisa diesen Herrn Wunder, dem offenbar das ganze Kaufhaus gehörte, noch nie persönlich getroffen. Sie wünschte es sich jedes Mal, wenn sie zum Kaufhaus kam (meist mit Oma, um Mama abzuholen), dass sie ihm mal zufällig, vielleicht auf der Rolltreppe, begegnete.

Den Herrn Wunder gab es offenbar nur in Schwarzweiß, und Luisa war sicher, dass sie ihn dann schnell zwischen all den farbigen Kunden ausmachen konnte.

Herr Wunder hatte dunkles, glänzendes Haar, das streng nach hinten gekämmt war. So wie bei Opa auf dem großen Bild in Omas Wohnung. Herr Wunder hatte eine gerade Nase und dunkle Augen. Keinen Bart, keine Brille. Er trug Anzug und Schlips. Sehr vornehm.

Das Wunderkaufhaus hatte vier große Türen mit vier großen, goldenen Griffen, die allesamt immer aufstanden. Das sah so wunderbar einladend aus. Und wenn man hindurchschritt, durchquerte man eine Wand warmen Windes. Das war einmalig.

Vor den Türen war der Schnee sorgfältig weggeschippt. Drei kleine Verkaufshäuschen standen im Kreis davor, von denen ein leckerer Duft nach Bratwürsten, gebrannten Mandeln und Waffeln herüberwehte. Aber davon durfte sich Luisa nun nicht ablenken lassen. Schließlich hatte sie eine Mission.

Sie schaute noch einmal zum Bild von Herrn Wunder hoch.

»Ich brauche einen Prinzen, Herr Wunder, bitte!«

Herr Wunder schien ein bisschen mehr zu lächeln.

Die Fassade des alten Kaufhauses, das wusste Luisa von ihrer Oma, war im Jungen-Stil geschmückt. Was das genau sein sollte, dieser Jungen-Stil, war Luisa nicht so recht klargeworden. Oma sagte dann aber immer: »Und unser Theater ist auch im Jungen-Stil gebaut worden.«

Eigentlich waren für einen echten Jungen-Stil zu wenig Autos auf der Fassade. Gar keins, um genau zu sein. Da waren nur vier schlanke, sehr ernste Damen mit sehr gerader Nase und edlen Blumen, die auf die ankommenden Besucher nachdenklich herunterschauten. Wahrscheinlich waren die Damen deshalb so ernst, weil sie wussten, wie schwer es war, etwas zu kaufen, was man auch wirklich gebrauchen konnte.

Oma sagte das oft: »Die Leute kaufen dummes Zeug, das sie gar nicht brauchen!« Oma kaufte nur richtig gute Sachen. Jacken und Töpfe. Und Schlafanzüge. Richtig, Luisas Oma kaufte am liebsten Schlafanzüge.

»Wer wirklich vornehm sein will, muss auch im Bett gut angezogen sein«, sagte ihre Großmutter dann recht entschlossen und keinen Widerspruch duldend, wenn sie wieder einen Schlafanzug überreichte. Luisas Mama schmunzelte dann und antwortete: »Liegt die Betonung auf ›vornehm‹ oder auf ›angezogen‹?« Und dann lachten die beiden wie kleine Mädchen.

Luisa mochte das Kaufhaus Wunder gern wie keinen anderen Ort auf dieser Welt. Da kannte sie jeden Angestellten, und alle waren nett zu ihr.

Na ja. Fast alle. Der Geschäftsführer, der war nicht so nett. Ihre Mutter sagte, der könne nichts dafür, er müsse sich ja darum kümmern, dass alles gut liefe in dem Kaufhaus, und außerdem hätte er eine ›schwierige Ehe‹ hinter sich.

Was das wohl war, eine schwierige Ehe? Vielleicht so was wie Zahnschmerzen?

»Na, dann mal los, Luisa. Einen Prinzen kaufen. Das wird schon klappen.«

Auf jeden Fall würde sie heute bei Frau Schmattke vorbeischauen, sollte sie nicht von selber den Prinzen ausfindig machen. Oder einfach noch ein paar Tipps benötigen. Frau Schmattke war fast so alt wie Oma und verkaufte Parfüm. Sie roch immer gut und daher würde sie einen netten Prinzen erkennen, wenn sie ihn sähe.

Luisa sammelte noch einmal Mut.

»Ob du heute endlich mal da bist?«, flüsterte Luisa verstohlen zu dem Bild von Herrn Wunder hoch und lief auf die Türen zu. Unter ihren Schuhen knirschte der Streusand.

»Huuuuuuu!«, machte der warme Wind und kam von unten, so dass Luisa, wie jedes Mal, kurz die Luft anhalten musste. Geschafft. Sie stand nun im lichtdurchfluteten, großzügigen Eingangsbereich des Kaufhauses. Nach oben hin öffnete sich die Halle, und man sah die Geländer der oberen Stockwerke, viel Licht und die Rolltreppen von der Seite.

Wunderbar.

Luisa liebte das Kaufhaus, weil es aussah wie ein Puppenhaus. Ein gewaltiges, glitzerndes, schön aufgeräumtes Puppenhaus. Sie liebte diese Ordnung und gleichzeitig dieses Gewusel von Menschen.

Luisa mochte es, dass jede Abteilung für sich ein kleines Reich ergab. Ganz ohne Wände. Die vielen bunten Waren und erstaunlichen Gerüche, die Farben und Geräusche schienen wie durch einen Zauber genau auf dem einen kleinen Karree zu bleiben, das ihnen die Platten auf dem Boden zuwiesen. Denn jede Abteilung hatte auf dem Boden andere Fliesen. Mal kariert (Herrenoberbekleidung), mal orange (Damenoberbekleidung), mal helllila (Schuhe), mal schwarz (Lederwaren), mal gelb (Zeitungen und Bücher), mal strahlend weiß (Parfümerie), mal grau (Uhren) und natürlich rot, für die Süßigkeiten.

Oben gab es auch einen Supermarkt und zu essen, aber da waren die Flächen alle blau-weiß kariert und der Weg dazwischen grau.

Luisa lief bis zu den Rolltreppen, die zu dieser Zeit leise surrend ältere Damen und Herren in Mänteln nach oben ins Restaurant beförderten. Neben den zwei eleganten, langen Rolltreppen war die große Kundentreppe, die mit dickem, rotem Teppich belegt war.

Alles war weihnachtlich geschmückt. Da standen Tannen mit dicken Kugeln, Rentiere (nein, leider keine echten), die vor einem reich bepackten Schlitten geduldig auf den Weihnachtsmann warteten. Es gab eine ganze Menge Weihnachtsmänner. Die kletterten aus unerfindlichen Gründen an Säulen hoch oder trugen Säcke herum. Sie waren auf Bildern und auf Plakaten und hielten Schilder mit Angeboten drauf. Zusätzlich waren da Frauenpuppen und Männerpuppen in Winterkleidung und Skiausrüstung oder sie trugen Wintermode und dazu kecke, rote Bommelmützen. Überall verstreut, aber doch irgendwie ordentlich, lagen Berge von Geschenken in Glitzerpapier.

Aus den Kaufhauslautsprechern klang die schöne, sanfte Stimme von einem Herren namens Bing Bong – oder so ähnlich. Den Namen konnte Luisa sich nicht merken, aber die Stimme war unfassbar weich. Er sang besonders gerne das Lied, das so klang wie »Eim-driemink-off-ä-weit-küs-mös«. Insgeheim hatte Luisa gehofft, dass diese vielen schönen Lieder zur Weihnachtszeit von Herrn Wunder persönlich gesungen wurden. Aber das war wahrscheinlich Unsinn. Herr Wunder hatte bestimmt Wichtigeres zu tun, als in einem Büro zu sitzen und in ein Mikro zu singen. Dafür hatte er sicher seine Leute. Sie würde Oma dazu befragen müssen.

Für einen Moment schaute Luisa noch dem bunten Treiben auf den Treppen zu und überlegte, wo sie anfangen sollte mit ihrer Suche nach dem perfekten Geschenk für ihre Mutter. So weit sie sehen konnte, gab es in den meisten Abteilungen nur Schaufensterpuppen.

Einer Eingebung folgend, entschied Luisa schließlich, dass die Herrenoberbekleidungsabteilung der richtige Ort war, um nach einem schönen Prinzen Ausschau zu halten. Sie kannte den zuständigen Verkäufer, Herrn Kleinhans, zwar nicht so gut wie Frau Schmattke, aber egal. Sie hatte schließlich eine Mission. Luisa lief also direkt in die Abteilung hinein. Das war immer ein bisschen so, wie in einen Wald zu gehen, da die Ständer mit den Anzügen, Hosen und Jacketts größer waren als sie selbst und gerade jetzt im Winter gedecktes Grau trugen und die engen Wege verdunkelten. Herr Kleinhans sortierte gerade Schlipse.

»Guten Tag, Herr Kleinhans!«, grüßte sie und bemühte sich so wunderbar deutlich zu sprechen wie Herr Kleinhans selber.

»Wen haben wir denn da? Die kleine Luisa. Willkommen.« Herr Kleinhans war groß und schlank und bewegte sich mit einer sanften Eleganz. Er trug ein groß kariertes Jackett. Er trug eigentlich immer wild gemusterte Sachen. Luisa fand, er war der einzige Mensch auf der Welt, der so etwas Albernes tragen konnte, ohne selbst albern auszusehen. Sie fand, das lag an der Art, wie er sprach.

»Ich brauche ein Geschenk für meine Mutter.«

»Aha. Mal sehen. Ich mag deine Mutter ja sehr, hm. Nein. Hier? Nein. Ich fürchte, ich muss passen, ich wüsste wirklich nicht, was aus meiner Abteilung der Lieblichkeit deiner Mutter zupasskäme.«

Die Hälfte der Worte, die Herr Kleinhans gewöhnlich benutzte, verstand sie nicht, aber Luisa ließ sich nicht irritieren.

»Sind das da Prinzen?« Luisa zeigte auf die großen Fotos an der Wand. Darauf waren junge Männer in eleganten Anzügen abgelichtet. Sie sahen sehr schick aus. Standen neben Pferden oder auf großen Booten.

»Nun ja. Ich kenne diese jungen Herren nicht persönlich. Aber ich, hm, fürchte, nun, nein. Das werden wohl keine Prinzen sein.«

»Haben Sie sonst wo welche?«

»Prinzen?« Er kniff die Augen leicht zusammen und schien scharf nachzudenken. »Nein. Kleine Luisa, hm, ich fürchte, ich habe keine Prinzen. Auch nicht im Lager.«

»Schade.«

In diesem Augenblick kam ein Kunde, und Luisa verschwand höflich winkend im Wald der Kleiderständer. Nachdenklich schlenderte sie zurück zu dem großen Lichtkasten mit dem Konterfei des Kaufhausgründers. Sie wollte diesem gerade mitteilen, dass sich die Suche schwieriger gestaltete, als erwartet, da rief jemand nach ihr.

»Huhu! Luisa!«, hörte Luisa eine bekannte Stimme. Es war Gisela Schmattke, aus der Parfümabteilung. Luisas Lieblingsabteilung. Frau Schmattke war eine elegante ältere Dame mit schlohweißem Haar und glattem Gesicht. Nur wenn sie lachte, hatte sie Falten. Aber es waren wirklich die nettesten Falten, die man sich vorstellen konnte.

Schnell lief Luisa zu ihr hinüber.

»Nanu? Was machst du denn schon hier? Deine Mutter hat doch heute Spätschicht!«

»Ich muss für meine Mama ein Geschenk besorgen.« Luisa lief um den Tresen herum, der wie eine quadratische Burg aufgebaut war, wartete, bis Frau Schmattke die kleine Tür geöffnet hatte und trat ein. Hier stand die Kasse, ein Stuhl und es gab viele Fächer für Leute, die ihre gekauften Sachen erst später abholten. Vieles war schon aufwendig verpackt.

»Du bist doch nicht ausgebüxt?« Frau Schmattke hatte bei dieser Frage eine Hand in die Hüfte gestemmt und mit der anderen Hand vollführte sie lauter kleine Luftrollen. »Na ja.« Luisa konnte schlecht ihre Lieblingsverkäuferin anlügen.

»Hinterher suchen die dich im Kindergarten? Luisa, Luisa, was muss ich da hören?«

»Nein. Lelah hat das gut hinbekommen.«

»Ach, dann.« Frau Schmattkes Hand hörte auf mit den Luftrollen und winkte knapp ab. Sie kannte alle und jeden. Und natürlich kannte sie auch Luisas beste Freundin Lelah.

»Ist viel los heute, Frau Schmattke?« Luisa wusste, wenn man schnell etwas Höfliches fragte, wurde meist höflich geantwortet und damit das Gesprächsthema gewechselt.

»Gerade nicht. Ich kann jetzt ein paar Sachen einpacken, komm hilf mir.« Frau Schmattke sprach mit Luisa immer wie mit einer jungen Frau, und das gefiel ihr besonders (Oma sagte, Frau Schmattke wäre eine vornehme Dame – das höchste Lob!). Sie schimpfte nie und ließ sie immer mithelfen. Luisa zog also den kleinen, alten Tritt aus einem der Fächer, rückte ihn zurecht, stieg hinauf und griff nach der Schere.

»Vorsicht, Luisa, dass du dir nicht in die Augen piekst!«

»Das sagen Sie immer, Frau Schmattke.«

»Ich will halt, dass du deine schönen, kleinen Augen noch lange behältst. Hier abschneiden.« Frau Schmattke hatte mit geübtem Griff ein schönes, goldfarbenes Papier um eine Kiste mit einem Parfümflakon geschlungen und ein dickes, rotes Band verknotet. Luisas Aufgabe war es, das Band nun zu kürzen. Sie hatte das schon oft gemacht, und die beiden waren ein eingespieltes Team. Besser als den hundertsten Weihnachtsstern zu basteln war es allemal.

»Und Luisa? Was ist es denn?«

»Was meinen Sie?«

»Das Geschenk für deine Mutti? Deine Omi und du, ihr habt ihr doch schon zum Nikolaus das Lieblingsparfüm geschenkt, was kann es nun noch werden?«

»Oh. Kein Parfüm.«

»Aha. Sieh an. Was dann?« Sie konnte offenbar nicht glauben, dass man etwas anderes als ein gutes Parfüm verschenken konnte. Ein zweites, viel kleineres Päckchen war mittlerweile hübsch eingepackt und in eine kleine Tüte geschoben worden, um dann fein säuberlich mit einem kleinen Klebeschild versehen zu werden, damit es beim Abholen keine Katastrophe gab.

Luisa musste erst einmal darüber nachdenken, ob sie die geheime Sache mit dem Prinzen für Mama jetzt mit Frau Schmattke besprechen wollte, also wechselte sie erst mal das Thema.

»Wie geht es Ihrem Mann?«

»Erwin? Gut. Wieso? Na ja. Er ist erkältet.«

Erwin Schmattke war ein großer, hagerer Mann mit einer leisen Stimme, der jeden Tag nach Dienstschluss erschien, um seine Frau nach Hause zu begleiten. Luisa hatte ihn schon häufig gesehen und sprach immer gerne ein bisschen mit ihm.

»Leider habe ich keinen Führerschein mehr«, sagte er dann beispielsweise und zeigte auf einen nassen Regenschirm. Er redete mit Luisa immer sehr höflich, als ob er verhindern wollte, dass Luisa sich zu sehr langweilte, während sie auf ihre Mutter wartete.

»Ich kann nicht mehr so gut sehen, weißt du? Aber meine Gisela und ihren Stand kann man ja auch so finden.« Dann stupste er sich an die Nase und machte ein lustiges, schnüffelndes Geräusch. Luisa mochte Erwins Späße und lachte immer.

»Wieso haben Sie Herrn Erwin geheiratet, Frau Schmattke? Er ist gar kein Prinz.« Luisa war ein bisschen stolz darauf, zu wissen, dass man ältere Menschen immer siezen und immer »Frau« oder »Herr« vor den Namen setzen musste.

»Weil Erwin der beste Mann von allen ist! Er muss doch kein Prinz sein!« Ihr weißes Haar, das in einer weichen Innenrolle knapp über den Schultern endete, schwang beim Lachen fröhlich hin und her.

»Wirklich?« Luisa war erstaunt.

»Glaubst du nicht?«

»Ja, schon. Ja, doch. Aber, aber – «

»Ja?«

»Er ist einfach kein Prinz!«

»Ach, wer braucht schon einen Prinzen?« Frau Schmattke lachte wieder und die Schleife, die sie band, wurde ein bisschen voluminös dadurch, aber das stand dem klitzekleinen Päckchen ganz gut.

»Ja, doch. Ein Prinz muss es schon sein«, nun wurde Luisa doch sehr eifrig: »Meine Mama wünscht sich ganz doll einen Mann, aber ich will, dass sie nur einen Prinzen bekommt.«

Frau Schmattke neigte nachdenklich ihren Kopf.

»Interessant.«

»Ja, nicht?«

»Und du glaubst, hier im Kaufhaus einen Prinzen zu finden?«

»Ja, wo sonst?«

»Richtig, richtig.« Frau Schmattke hatte das kleine Päckchen in eine Tüte gepackt und warf nun eine Handvoll kleiner Herzen hinein. Das tat sie nur bei jungen Käufern, was auch erklärte, warum das Geschenk so klein war. Ältere Herren kauften immer große Packungen. Jüngere nur kleine.

»Wo hast du denn schon nach einem Prinzen für deine Mutter gesucht?«

»Das ist ganz schön schwierig. In der Herren-abteilung, denke ich, werde ich keinen finden. Herr Kleinhans meinte, dass er wohl auch keinen im Lager hat.«

Frau Schmattke ließ einen leisen Kicherpiepser hören. Das tat sie nur dann, wenn sie ein Lachen nicht schnell genug unterdrücken konnte. Es war ein lustiges Geräusch. Luisa musste sofort mit-kichern.

»Oh, Prinzen auf Lager. Was für ein wunder-barer Gedanke.«

Luisa wusste natürlich genau, was das war, ein Lager. Dahin führte eine geheime Tür hinten links. Luisa war mit Frau Schmattke schon zwei-mal im Lager gewesen und hatte all das gefunden, was in ihren Vitrinen gefehlt hatte.

Bevor sie aber weitersprechen konnte, kam ein Kunde.

Luisa setzte sich schnell auf den kleinen Stuhl und nahm sich ein Heft, das bereitlag für solche Fälle. Sie durfte keinesfalls stören. Sonst käme der Geschäftsführer. Der sah alles und duldete es nicht, wenn Luisa beim Verkaufen störte.

Luisa hatte große Angst vor dem Geschäftsfüh-rer.

Nachdem Frau Schmattke dem Kunden ein Par-füm für seine Frau herausgesucht hatte, packte sie es eilig ein und Luisa konnte sich wieder auf den Tritt neben Frau Schmattke stellen.

»Wo waren wir stehengeblieben, Luisa?«

»Prinzen.«

»Ach ja, und dass das Wunderkaufhaus sie wahrscheinlich nicht zwischen Herrenoberbekleidung auf Lager hat«, Frau Schmattke öffnete einen kleinen Schrank unter dem Tresen und zog genau jenes Parfüm heraus, das sie soeben verkauft hatte und brachte es zu dem schön dekorierten Tisch, um es an den Platz seines Vorgängers zu stellen.

»Schau mal da. Kannst du das wieder schön hinstellen?« Sie zeigte Luisa an einem weiteren schmalen Tisch die Seifen, die jemand offenbar auf der Suche nach ein bisschen Luxus durcheinandergebracht hatte.

»Sag mal, Luisa, wieso muss es denn überhaupt ein Prinz sein? Hat deine Mutter gesagt, dass sie nur einen Prinzen will?«

»Nein, das nicht. Aber Prinzen sind die besten Männer. Sie sehen gut aus und sind reich.«

»Ach, Kindchen. Gutes Aussehen vergeht. Na, und reich? Wann ist man schon reich? Wenn man zu viel Geld hat, fehlt es schnell mal an – «, Frau Schmattke hielt inne und machte eine kleine elegante Drehung mit ihrem Zeigefingers neben ihren grauen Haaren. »Geld vernebelt so manch einem den gesunden Menschenverstand. Weißt du, was ich meine? Geld macht manchmal ganz schön dumm.« Luisa fand das witzig.

»Ach, Frau Schmattke. Ich sehe das so: Es muss halt der beste Prinz von allen sein. Der ist reich und klug.«

»Reich und klug? Hm? Nicht noch was anderes?«

»Na, vielleicht noch kräftig.«

»Ja, ein Prinz sollte zupacken können!« Frau Schmattke lachte. »Noch ein paar Auswahlkriterien? Was mag denn deine Mutter für Männer?«

»Mama guckt gerne Fernsehen, wo ein Polizist die Bösen verfolgt und ins Gefängnis steckt.«

»Aha! Da kommen wir der Sache schon mal näher! Magst du eigentlich unseren Kaufhausdetektiv? Der ist ja auch so was wie ein Polizist«, fragte Frau Schmattke nach einer Weile, in der sie beide, nach erfolgreicher Dekoration, wieder in ihre Tresenburg zurückgegangen waren.

»Wieso?«

»Wieso, wieso, wieso? Sag doch einfach, Luisa. Magst du den?«

»Daniel ist ganz okay. Der petzt nicht, wenn ich drüben bei Frau Bolduan meine Lieblingszeitung lese. Aber wenn er kommt, muss ich meist aufhören mit dem, was mir Spaß macht.«

»Aha.«

Sie schwiegen.

»Aber Daniel ist wohl kein Prinz. Polizist alleine reicht nicht«, sagte Luisa nach kurzer Grübelei.

»Daniel ein Prinz? Nein. Das fürchte ich auch. Nein, für einen Prinzen arbeitet er zu hart. Vielleicht eine Art Ritter?«

»Glaube ich auch nicht.« Luisa schüttelte den Kopf. Sie wollte schnell das Thema wechseln und endlich wieder über ihre Prinzensuche reden.

»Ach, Luisa, mach dir keine Gedanken darum. Mein Erwin ist, wie du schon bemerkt hast, auch kein Prinz«, seufzte sie schließlich.

»Schade. Er wäre sicher ein sehr vornehmer Prinz gewesen.«

»Da sagst du was, Kindchen, da sagst du was!« Frau Schmattke grüßte ein vorbeigehendes älteres Paar.

»Guten Tag, Frau von der Heide!«

»Hallo, Frau Schmattke! Gleich kommen wir zu Ihnen, aber erst wollen wir gemütlich mittagessen!«

»Etwas spät!«

»Besser spät als nie!«

»Ich wünsche guten Appetit!«

»Danke, Frau Schmattke!«

Das Kundenehepaar stellte sich winkend auf die Rolltreppe und entschwebte langsam nach oben. Luisa sah ihnen nach. Die Frau trug einen dicken Mantel. Der Mann trug Hut.

»Die sind zum Beispiel wirklich reich. Fast so was wie Prinz und Prinzessin«, murmelte Frau Schmattke nachdenklich. Luisa schaute dem Paar neugierig nach. So, wie Frau Schmattke das sagte, klang es aber nicht sonderlich fröhlich.

»Und?«

»Ach, Kindchen. Hat nichts genützt. Der Mann ist ein Filou!«

»Was ist ein Filou?«

»Ach. Möge dir das erspart bleiben, Kindchen!«

Luisa überlegte, ob das Filou-Sein was mit dem Hut von dem Mann zu tun hatte.

»Ist Erwin ein Filou?«, fragte Luisa nach reiflicher Überlegung. »Ich meine ja nur. Er trägt auch einen Hut.«

»Wie? Hut?« Erst war Frau Schmattke über die Frage regelrecht entsetzt, dann aber musste sie lachen. »Ich erzähl dir mal was über Erwin. Setz dich hierher.«

Neugierig rückte sich Luisa auf ihrem Hocker zurecht.

»Also Erwins Eltern waren feine Leute, aber nach dem Krieg – du weißt, was das ist, Krieg?«

»Was Doofes, wo alles danach kaputt ist und keiner will es gewesen sein.«

»Oh. Woher weißt du das?«

»Sagt Oma.«

»Du hast eine sehr kluge Großmutter!«

»Ja, ich weiß.«

»Und du hast eine tolle Mama. Also gut. Erwins Mutter war auch eine ganz feine Person, aber nach dem Krieg hatten sie kein Haus mehr, das war weggebombt. Und Erwins Großeltern waren tot. Erwins Großvater ist im Krieg geblieben. Du weißt, was das heißt?«

»Ja, mein Uropa ist da auch geblieben.«

»Also gut. Und Erwins Mutter musste irgendwo wohnen. Da hat man die dann zu uns in die Wohnung gebracht. Das machte man damals so. Dann durfte Erwins Mutter bei uns ein Zimmer bewohnen. Meine Mutter sagte immer, Erwins Mutter wäre eine so entzückende junge Frau gewesen. Dazu Vollwaise und auch schon junge Witwe. Ich fand das so schrecklich, als sie das erzählte! Und das tat meiner Mutter auch so leid. Die zwei jungen Frauen, meine Mutter und Erwins Mutter – ich nannte sie dann Tante Ulla, haben sich dann recht schnell angefreundet. Später hat Erwins Mutter Erwins Vater kennengelernt. Und wie das dann so ist, haben sie ein Kind bekommen. Und obwohl sie dann wieder aus unserer Wohnung, in der mittlerweile meine Mutter mich geboren hatte, ausgezogen ist, waren die beiden Frauen immer noch Freundinnen. Haben sich immer geholfen. So hab ich Erwin kennengelernt. Also quasi kannte ich ihn schon immer. Erst war er ein alberner Junge, aber dann wurde er älter. Oh, warte, ein Kunde.« Frau Schmattke stand auf.

Luisa dachte darüber nach. Jungen konnten also erst doof sein und später nett. Na, das gab ihr Hoffnung. Sie hatte sich schon oft gedacht, dass sie später auch mal allein mit einem Kind leben müsste, weil Jungens einfach doof waren und man unmöglich mit denen zusammen sein konnte.

»Da bin ich wieder. Wo war ich mit meiner Erzählung?«

»Wie haben Sie gemerkt, dass Erwin doch nett ist und nicht mehr doof?«

»Wie? Ach. Ja, natürlich. Es war so. Ich bekam meine Stelle genau hier. Beim Kaufhaus Wunder.«

»Oh, haben Sie Herrn Wunder mal kennengelernt?« Luisa war plötzlich ganz aufgeregt und
hopste vom Stuhl.

»Herrn Wunder?«

»Ja, Herrn Wunder! Wie ist er so? Ist er nett?«

»Wen meinst du nur, mein Kind?«

»Aber Herrn Wunder! Unseren Herrn Wun-
der!« Luisa griff nach einer der Tüten, auf der das
Konterfei des Kaufhausbesitzers zu sehen war. Sie
zeigte darauf und noch mal zur Verdeutlichung
auf das große Bild an der Wand hinter der Parfümerie.

»Ach, den Herrn Wunder«, Frau Schmattke
dehnte die Worte ziemlich und schaute Luisa sehr
lange an.

»Also Erwin erschien eines Tages in meiner Abteilung.« Frau Schmattke lächelte, als sehe sie etwas vor ihren Augen, das groß und wunderbar
war. Luisa musste unweigerlich mitlächeln und
vergaß ihre Frage nach Herrn Wunder völlig.

»Er stand nur da«, Frau Schmattke deutete
vage auf eine Stelle vor dem Tresen, »er bekam
kein Wort heraus. Und dann begann alles: ›Bist du
nicht Erwin, der Sohn von Tante Ulla?‹, fragte ich
ihn. Er nickt nur ganz und gar verunsichert. ›Was
kann ich für dich tun, Erwin?‹ Und er stand nur

da. Sagte nichts. Und dann, ganz plötzlich, lief er einfach weg. Ein junger Mann! Wie ein Kind. Das fand ich lustig. Denn er lief so eckig. Ach, mein Erwin. Mit Sport hatte er es nie so.«

»Und deswegen haben Sie ihn geheiratet?« Luisa war fassungslos.

»Aber nein. Man heiratet doch nicht den Erstbesten. Männer müssen sich schon bemühen. Merk dir das, Kindchen. Also Erwin kam dann ein paar Tage später wieder. ›Hallo, Erwin!‹, sagte ich. Und er lief augenblicklich fort.« Frau Schmattke brach bei dieser Erinnerung in Lachen aus. Es war dieses schöne, sonnengelbe, fröhliche Lachen, mit den kleinen Falten um ihre Augen. Luisa mochte es.

»Einfach wieder weg?«

»Ja, stell dir vor, aber dieses Mal hatte er einen Anzug getragen.« Frau Schmattke legte sich die Hand vor den Mund, um ihr Lachen zu dämpfen. »Er hatte einen Anzug an und lief so schnell er konnte weg!«

»Oh«, machte Luisa verwirrt. Sie stellte es sich schwierig vor, jemanden zu heiraten, der immerzu fortlief, auch wenn er dabei einen Anzug trug.

»Ja, das machte Eindruck.« Frau Schmattke lachte jetzt leiser, aber nicht weniger fröhlich.

»Und dann? Wie ging es weiter?«

»Das ging erst einmal eine ganze Weile so. Er kam, sah und lief. Und dann stand plötzlich der Geschäftsführer vor mir.«

»Oh nö.« Luisa duckte sich unwillkürlich.

»Genau. Der war damals nicht ganz so streng wie heute, aber er war überhaupt nicht begeistert davon, dass ich einen Kunden immer wieder in die Flucht schlug. Er meinte, ich solle schleunigst dafür sorgen, dass der junge Kunde was kaufte, bevor er weglief. Das sei sonst schlecht fürs Geschäft.«

»Und was haben Sie da gemacht?«

»Oh, ganz einfach. Ich hab ihm ein Päckchen zurechtgemacht. Ein Stück Seife, von der ich wusste, dass meine Mama sie Erwins Mama ab und zu zum Geburtstag kaufte. Damals war ein Stück Seife was wirklich Besonderes. Ich verpackte es und legte es in ein Fach.«

»Aha.« Luisa nickte. »So wie wir es heute gemacht haben!«

»Als Erwin dann auftauchte, nahm ich das Päckchen, legte es schnell auf den Verkaufstisch und sagte: ›Das macht dann achtzig Pfennig, bitte schön!‹ Das half.«

»Was sind Pfennig?«

»Oh, das ist noch das richtige Geld. Also, das von damals. Wir hatten da schon lange die Währungsreform.«

»Und Erwin?«

»Erwin? Ach, der! Er riss erstaunt die Augen auf, bezahlte und lief fort.«

»Ohne was zu sagen?«

»Ohne was zu sagen.«

»Und dann?«, fragte Luisa ganz atemlos.

»Das ging dann wieder eine ganze Weile so. Ich machte ein Päckchen zurecht, und er bezahlte es.«

»Ohne zu wissen, was drin ist?«

»Ohne zu wissen, was drin ist.«

»Aber wann haben Sie geheiratet?«

»Na ja. Erst einmal ermahnte mich meine Mutter und sagte, das müsse aufhören, denn der arme Erwin würde so sein ganzes Geld in Seife und Cremes anlegen und nichts zum Essen haben.«

»Und was hast du dann gemacht?« Luisa vergaß sogar das Siezen.

»Ich habe noch ein Päckchen gepackt.«

»Noch eins?«

»Ja, ein schönes, rotes.«

»Und dann kam Erwin?«

»Ja, ich verlangte dieses Mal nur einen Pfennig.

Er hatte aber schon die acht Groschen passend in der Hand, die er mir dann hinlegte und weglief.«

Luisa hätte zu gerne gewusst, was Groschen sind, aber sie wollte das Ende der Geschichte nicht verpassen.

»Dann habe ich weitergearbeitet. Bis zum Geschäftsschluss. Ich habe meinen Tresen aufgeräumt und dann – «

»Dann – ?«

» – dann stand da Erwin.«

»Er wollte wieder was kaufen?«

»Nein, mich abholen.«

»Abholen?«

»Ja, in die Milchbar. Ich hatte in das Päckchen einen Zettel gelegt: ›Lieber Erwin, so hat das keinen Zweck, hol mich nach Geschäftsschluss ab und wir gehen in die Milchbar.‹«

»Und dann?«

»Na, es war etwas mühsam, denn er sprach immer noch nicht.«

»Und wann redete er?«

»Ich hab ihm gesagt, er müsse reden, dann würde ich ihn auch küssen.«

»Iiiiieeeeh!« Luisa schlug die Hände vors Gesicht und schüttelte sich.

Dann mussten beide lachen.

»Von da an hat mich Erwin jeden Tag abgeholt. Jeden Tag.«

Frau Schmattkes Augen strahlten, ja, sie glänzten sogar ein bisschen.

»Das ist eine schöne Geschichte! Wie im Märchen.« Luisa seufzte aus vollem Herzen.

»Ja, wie im Märchen. Aber ohne Prinz.« Die Verkäuferin stupste Luisa auf die Nase.

»Ja, schade.«

»Muss es trotzdem für deine Mutti ein Prinz sein?«

»Ja, sicher. Aber es muss auch ein bisschen Erwin sein.«

»Also gut.« Frau Schmattkes Wangen hatten ein zartes Rot angenommen. Auf einmal sah sie wieder aus wie die verliebte junge Frau von damals. Dann wurde ihr Lächeln breiter.

»Oh, Luisa! Und schau mal, wer da kommt!«

Luisa hatte längst gesehen, dass Daniel, der Kaufhausdetektiv, auf die Parfümabteilung zukam. Daniel hatte einen merkwürdig schaukelnden Gang, wahrscheinlich weil er so lange Schritte machte. Luisa würde ihn überall erkennen, selbst wenn er einen Mantel oder einen komischen Hut trug, wie dieser Filou-Mann von eben. Aber Daniel trug nie Hut, er war nicht einer von den unsichtbaren Detektiven, die einen bösen Menschen heimlich beim Klauen beobachteten, er war eine Art Polizist. Er war vom Wachdienst und trug ein dunkelblaues Hemd und eine passende Hose, robuste Schuhe und einen dicken, schweren Gürtel, an dem allerhand Dinge hingen. Bei jedem Schritt klimperte es leise. Daniels Haare waren sehr kurz und hell, eigentlich war alles hell an ihm. Die Haut, das Haar und die Augen, blaue Augen, die Luisa etwas unheimlich waren, weil sie sie immer so intensiv von oben musterten.

Er war kräftig gebaut und wirkte ein bisschen wie ein großer Junge. Fast so, als würde er nur zum Spaß über Tische und Bänke springen. Trotzdem sah er aus, als könne er alle beschützen.

Luisas Mama sagte über solche Männer, sie seien »männlich«. Luisa fand das blödsinnig. Denn Männer waren ja nun mal Männer. Aber wenn ihre Mutter etwas mit so viel Nachdruck sagte, hatte das was zu bedeuten.

Oma sagte übrigens, dass Daniel zu dünn sei und nicht wirklich hübsch. Das fand Luisa auch. Ein Prinz war er nicht.

Komisch, erst jetzt fiel ihr auf, dass Mama und Oma in letzter Zeit ziemlich häufig von ihm gesprochen hatten. Besonders spannend war das nicht gewesen, die Gespräche hatten immer darin geendet, dass ihre Mutter sagte: »Ach, lass, Mutti. Das würde sicher nicht gutgehen. Ein Träumer. Das sieht man schon an den Augen.«

»Hallo Daniel!« Frau Schmattkes Stimme bekam beim Anblick des Wachmanns immer diese leicht erhöhte Tonlage, die eigentlich für Erwin reserviert war.

»Hallo, Frau Schmattke. Wie geht's, ist heute viel zu tun, so kurz vor Weihnachten?« Wenn Daniel was sagte, lächelte er meist und dann leuchteten seine Augen geradezu eisig auf. Immerhin verging der strenge Eindruck, wenn er lächelte. Weil er lächelte wie nur Jungs lächeln. Von einem Ohr zum anderen.

»Gerade ist Mittagszeit, da ist etwas Luft. Und Ihnen, Daniel?«

»Gut, dass Sie Hilfe haben! Hallo, Luisa.«

»Hi«, sagte Luisa einsilbig. Sie wollte lieber wieder mit Frau Schmattke allein sein, um über den Prinzen zu reden!

»Es ist nur …«, begann Daniel jetzt und rieb sich verlegen den Nacken. Das machte er immer, wenn er ihr etwas verbieten musste, weil der Geschäftsführer das nicht wolle. Zum Beispiel, wenn er Luisa verbieten musste, andauernd die

Rolltreppe rauf und runter zu fahren (was sie einfach zu gerne tat). Der Geschäftsführer hatte nämlich ein Büro mit ganz vielen Fernsehern und sah einfach alles. Das war wohl jetzt auch das Problem.

»Der Geschäftsführer. Richtig?« Frau Schmattke war genervt.

»Ja. Luisa kann ja einfach mal zu jemand anderem gehen. Ihre Mutter hat allerdings noch viel Kundschaft. Alle wollen wohl noch schnell ein Familienbild bis morgen haben. Keine Ahnung.« Daniel hatte eine durchaus angenehme Stimme, aber Luisa konnte es nicht ausstehen, dass ein so kräftiger Mann immer so viel Angst davor hatte, was der Geschäftsführer sagte.

»Ich geh ja schon«, grummelte Luisa und verließ das schöne Tresenquadrat durch die kleine Tür. Frau Schmattke strich ihr über den Kopf und steckte ihr schnell ein kleines Schokoladenherz zu.

»Mach es gut, meine Kleine. Du wirst den Prinzen schon finden. Ich weiß das. Du bist schon ganz nah dran.«

Luisa schmollte.

»Geh doch rüber zu Herrn Jordan, Luisa. Der sitzt in seinem kleinen Zimmer und repariert Uhren, da sieht man dich nicht«, flüsterte Daniel, als Luisa, ihn keines Blickes würdigend, an ihm vorbeiging. Das war prinzipiell eine gute Idee, aber das musste Daniel ja nicht erfahren.

Herr Jordan arbeitete tatsächlich in seinem kleinen Zimmer hinter der eigentlichen Uhrenabteilung. Luisa klopfte an die offenstehende Tür, so hatte sie das von ihm gelernt. Man musste bei Herrn Jordan immer ganz leise sein und sich gut benehmen, er mochte keine unüberlegten Geräusche oder Bewegungen. Luisa war also ganz leise und trat schließlich wortlos ein, um den Blicken des alles-sehenden, alles-wissenden, alles-verbietenden Geschäftsführers zu entgehen.

Neben dem Tisch, an dem Herr Jordan arbeitete, stand ein kleiner Stuhl mit einem abgewetzten grünen Kissen. Das war Luisas Stuhl. Niemand anderer durfte sonst in dieses Zimmer. Nicht mal Frau Willers, die vorne die reparierten Uhren wieder an die Kunden ausgab. Sie kam immer nur bis kurz vor die Tür und fragte schüchtern nach, ob die Uhr mit der oder der Nummer schon fertig sei.

Heute beugte sich Herr Jordan über eine goldene Uhr, die sehr kostbar aussah und deren Deckel sich mit einem kleinen Druck öffnete. Wunderbare Schnörkel verzierten das Gehäuse. Herr Jordan hatte sie offenbar bereits wieder repariert, denn das saubere, super flauschige Poliertuch war das Einzige, was auf dem Tisch lag. Hätte Herr Jordan die Uhr gerade reparieren müssen, so hätten sein Werkzeug und kleine Einzelteile der Uhr ein wunderbar symmetrisches Muster ergeben auf dem alten Holz des Tisches.

»Oh, hallo Luisa.« Da war auch schon Frau Willers an der Tür und begrüße sie. Frau Willers war ganz jung, ein bisschen langweilig und trug eine dicke, modische Brille. Sie war nur für die Weihnachtstage angestellt. Ansonsten ging sie einer Tätigkeit nach, die alle *Studieren* nannten. Jetzt hüstelte sie etwas mühsam.

»Äh. Herr Jordan? Die Nummer zwölf dreizehn wartet.«

»Ein wunderbares Stück«, murmelte Herr Jordan nach einer Weile und meinte sicher nicht Frau Willers.

Der Uhrmacher war ein Mann gigantischen Ausmaßes und unbestimmten Alters. Luisas Mutter sagte, er sei so alt wie sie, Oma wiederum glaubte, er habe ihr Alter. Außerdem war Herr

Jordan dick und zwar nicht langweilig, sondern gigantisch dick. Luisa fand, dass er großartig war in seiner Dickheit, die Ruhe ausstrahlte und Geborgenheit.

»Schau, Luisa, die Mäander.« Herr Jordan reichte Luisa die kostbare Uhr und ihre eigene kleine Uhrmacherlupe, die man sich an das Auge klemmen und dann alles Wichtige betrachten konnte. Sie hatte den Handgriff für diese schwierige Prozedur hervorragend heraus. Und so schaute sie auf die vergrößerten Verzierungen.

Mäander. Das war ein Muster aus der griechischen Zeit, sie kannte es schon aus ihrem Bilderbuch über die Antike, in dem viele solcher Muster abgebildet waren. Das hier erinnerte sie an einen Fluss, der sich das allererste Mal seinen Weg durch Matschepampe suchte und noch nicht genau wusste, welche Richtung er einschlagen sollte. Ganz vorsichtig gab Luisa das wertvolle Stück zurück. Luisa glaubte ein bisschen daran, dass alle Uhren, die in das Kaufhaus Wunder gelangten, eigentlich Herrn Jordan gehörten und von ihm an die Kunden ausgeliehen worden waren. Das würde auch erklären, warum Herr Jordan immer ein bisschen genervt war, wenn er die Stücke reparieren musste.

Das Besondere an Herrn Jordan war, dass er niemanden richtig anguckte, jedoch immer ganz genau wusste, wer an seiner Tür stand oder was jemand gerade machte.

Luisa durfte zum Beispiel nicht an den Fingernägeln kauen. Das wäre schlecht, weil man gesunde Fingernägel noch gut gebrauchen konnte, hatte er erklärt. Herr Jordan hatte zum Beispiel sehr saubere und kurze Fingernägel. Nur der Daumennagel seiner rechten Hand war ein kleines Stückchen länger. Das bräuchte man manchmal, um eine Dose zu öffnen oder einen zarten Deckel sanft anzuheben. Luisas Mutter war Herrn Jordan sehr dankbar für diesen strengen Verweis auf die abgeknabberten Mädchen-Fingernägel, denn Luisa kaute seitdem nicht mehr daran. Sie drehte nicht mal mehr ihre schönen lange Haare über ihren Zeigefinger, sondern hatte sich angewöhnt, sehr gerade und aufmerksam dazusitzen und alles ganz genau zu beobachten.

Die Uhr, die Herr Jordan sich nun vornahm, hatte die Nummer Zwölf Neunzehn. Eine alte Damenuhr aus Rotgold.

»Das ist schön. Sehr schön. Kurz vor Weihnachten wollen sich die Leute wieder ordentlich anziehen. Sie merken, dass die alte Uhr nicht läuft und wollen sie reparieren lassen«, murmelte Herr Jordan und stieß genau jenen kleinen Nasenschnauber aus, der bei ihm so viel bedeutete, dass er sich vor Lachen kaum einkriegte. »Das gefällt mir so kurz vor Weihnachten. Alles ist gekauft und verpackt. Man muss nur noch schnell die eigenen, schönen Sachen auf Vordermann bringen.«

Luisa rutschte ungeduldig auf ihrem Stuhl hin und her, sie musste ja noch dieses überaus schwierige Geschenk für ihre Mutter finden.

»Wir sind so in Gedanken? Wir haben keine gute Laune?«

»Oh doch.«

»Aber?«

»Ich muss leider auch noch ein Geschenk für meine Mama finden.«

»Und was soll das werden?«

»Ein Prinz.«

Und da geschah etwas ganz Besonderes. Herr Jordan, der die kleine Damenuhr vorsichtig auf ein Stück Leder gelegt und nach einem ganz, ganz feinen Werkzeug gegriffen hatte, blickte auf. Er sah Luisa direkt in die Augen. Herr Jordan hatte sehr schöne, braune Augen, die aber sehr klein wirkten im Verhältnis zu seinem gigantischen Rest.

»Ja. Ein Prinz.« Luisa wusste, man durfte nicht stottern bei Herrn Jordan, man musste klar sagen, was man meinte. Bloß nicht herumdrucksen und schon gar nicht nuscheln.

»Meine Mama soll einen Prinzen zu Weihnachten bekommen. Jawohl.« Luisa hatte das »Jawohl« angefügt, weil sie befürchtete, doch ein bisschen genuschelt zu haben, vor lauter Schreck, dass Herr Jordan den Blick von seinen geliebten Uhren hatte nehmen müssen.

Herr Jordan nickte und schaute nun wieder auf seinen kleinen, goldenen Patienten.

»Und wo finden wir den?«

Herr Jordan sagte »wir«, wenn es ernst wurde, was Luisa sympathisch fand.

Als die Sache mit Frau Kleinschmöller von nebenan war, weil Luisa im Treppenhaus einen dicken Kratzer in die Treppenhauswand gerammt und Frau Kleinschmöller über alle Maßen geschimpft hatte, da hatte Herr Jordan gesagt (Luisa hatte ihm alles haarklein berichtet – ohne zu nuscheln): »Wir mögen Frau Kleinschmöller nun nicht mehr. Da ist sie selber schuld.«

Das war klasse. Und nun wollte Herr Jordan sich auch an der Suche nach dem Prinzen beteiligen. Das beruhigte Luisa ungemein.

»Wir finden auch, dass deine Mutter eine bezaubernde, wunderbare Person ist«, sagte er und hatte das klitzekleine Glas vom Zifferblatt der Damenuhr angehoben, um es auf einen ganz genau berechneten Platz zu legen. Seine Bewegungen waren konzentriert und präzise.

»Aber«, fuhr er nun fort, und der Zeigefinger seiner rechten Hand dirigierte eine unhörbare Musik, bis die Hand herabstieß und eine kleine Zange ergriff, »aber uns ist nicht klar, warum wir einen Prinzen benötigen.«

»Oh, aber natürlich ist das klar!« Luisa war froh, dass sie hier genau und schnell antworten konnte. »Prinzen sind nämlich schön und reich.«

Herr Jordan schwieg. Das irritierte Luisa und sie fügte daher sicherheitshalber hinzu: »Und Prinzen sind auch sehr gescheit.« Den Ausdruck hatte sie von ihrer Oma, die sagte immer, wenn sie die Nachrichten sah: »Verflixt! Dass die Menschen einfach nicht gescheit werden.«

Gescheitsein schien also wichtig für einen Menschen zu sein.

Herr Jordan nickte, aber schwieg weiter.

»Prinzen sind gute Männer. Und meine Mama wünscht sich einen, der mit uns gemeinsam am

Frühstückstisch sitzt und nett ist und mit einkaufen geht und so.«

»Das können nur Prinzen?«

Es wurde immer etwas kompliziert, wenn Herr Jordan Gegenfragen stellte. Zum Beispiel damals, als sich Luisa mit ihrer besten Freundin gezankt und ihm davon ausführlich berichtet hatte.

»Ich mag jetzt Lelah nie, nie, nie mehr.«

Und Herr Jordan hatte nur eine Gegenfrage gestellt: »Nie mehr?«

Und da hatte Luisa gemerkt, dass das gar nicht ging. Sie hätte Lelah keinesfalls »nie mehr« nicht mehr mögen können.

Luisa versuchte seitdem immer sofort klarzustellen, was sie meinte und wollte.

»Ich will, dass Mama einen Prinzen bekommt. Das ist so.«

»Es gibt auch andere, sehr nette Männer.«

»Nennen Sie mir einen!«

»Was ist mit dem jungen Mann, der hier aufpasst.«

»Daniel? Der Detektiv?« Luisa war verblüfft.

»Wir denken, er ist eher eine Art Polizist in unserer Welt. Kompetent, freundlich, zupackend.«

»Oh, nö. Also ich weiß nicht. Er ist arm. Zumindest nicht reich. Als Wachmann verdient man nicht viel, sagt zumindest meine Oma. Was ist das überhaupt, dieses Verdienen?«

»Eine außerordentlich schwierige Frage, die wir nicht beantworten können, zumal man unterscheiden muss zwischen verdienen und bekommen.«

»Oh. Hm. Das verstehe ich nicht. Ist es das mit dem Geld, was Mama nie genug hat?«

»Das geht in diese Richtung, ja.«

»Und Daniel hat auch jeden Tag dasselbe an. Oma sagt, Leute, die jeden Tag dasselbe anhaben, sind unordentlich.«

Herr Jordan schwieg, aber sein Kopf bewegte sich sanft nach links und nach rechts. Ein gutes Zeichen.

»Wir mögen Daniel nicht?«

»Immer kommt er und verbietet mir, zu lange bei Frau Schmattke zu sitzen, weil der Geschäftsführer sonst meckern würde.«

»Hat er nicht recht?«

»Doch.«

»Und wir mögen ihn nicht, weil er recht hat?« Herr Jordan hatte der Uhr nun ein weiteres, kleines Teil entnommen und legte es sachte auf die Tischplatte.

»Weiß nicht. Lieber mag ich Erwin Schmattke.

Der würde meine Mutter wenigstens jeden Tag nach Hause bringen. Genau. Der ist zwar kein Prinz, aber er bringt nach Hause. Und er hat immer Zeit.«

»Erwin Schmattke bringt aber schon Gisela Schmattke nach Hause. Den können wir nicht für deine Mutter kaufen.«

»Ja. Nein. So meine ich das doch nicht.«

»Es muss also nicht immer ein Prinz sein? Wir denken noch einmal darüber nach?«

»Ja, meinetwegen.« Luisa war maulig. Sie war enttäuscht, dass Herr Jordan ihr offenbar nicht helfe wollte.

Eine Weile hörte man in dem Zimmer nur ganz leises Ticken, aus den zahllosen Tütchen auf dem kleinen Regal.

»Frau Jordan ist auch keine Prinzessin«, sagte Herr Jordan plötzlich. Er sprach nie über sich. Luisa spitzte daher sofort die Ohren.

»Aber Frau Jordan könnte jederzeit eine Prinzessin sein.«

»Oh.« Luisa war beeindruckt.

Und dann sagte Herr Jordan noch etwas, was für ihn sehr ungewöhnlich war: »Ich, hm«, er machte eine Pause, als ob er dem Wort noch einmal auf der Zunge nachschmecken wollte, »ich bin ein sehr vorsichtiger Mensch, würde ich sagen. Ich gebe nie eine Sache sofort verloren und nie begeistere ich mich sofort für etwas. Nie. Fast nie. Als ich die zukünftige Frau Jordan sah, da wusste ich es allerdings sofort. Es war Liebe auf den ersten Blick.« Als er das sagte, hob er den großen Kopf, schaute auf das Regal mit den vielen Tüten, strich über eine sanft hinweg und räusperte sich.

»Frau Jordan hatte wunderschöne Zöpfe, musst du wissen. Und sie ging mit ihrer Freundin immer an unserem Haus vorbei zur Schule. An ihrem ersten Schultag sah ich sie auch zum ersten Mal. Ihre Zöpfe wippten im Takt ihres Schrittes. Ein ganz kurzer Augenblick war das. Ganz kurz, ganz wichtig. Und dann war sie schon an mir vorbei. Und da wusste ich es.« Er holte Luft und sagte dann, als handelte es sich um eine fast unnötige Nebeninformation: »Es brauchte nur drei Minuten, um auf dem Schulhof den Namen des schönsten Mädchens der Welt herauszubekommen.«

»Und dann haben Sie sie angesprochen?«

»Nein, das dauerte länger.«

»Wie lange?«

»Drei Jahre.«

»Drei Jahre?« Luisa war entsetzt.

»Sicher. Ich musste sie ja erst kennenlernen. Herausfinden, was sie mag und was nicht. Ich musste genau beobachten. Auch was ihre Lieblingsfarbe sein könnte. Lange Zeit dachte ich, es sei Blau, doch dann fand ich heraus, dass Blau die Lieblingsfarbe ihrer großen Schwester war und dass die zukünftige Frau Jordan nur die blauen Pullover ihrer großen Schwester auftrug. Ihre Lieblingsfarbe ist Gelb. Neue Pullover werden in Gelb gekauft. Und dazu gelbe Rosen, gelbe Tulpen, gelber Krokus. Am liebsten hat sie Forsythie. Unser Garten ist im Frühling voll davon.«

Luisa war sprachlos. Drei Jahre hatte er gewartet, nur um seine Frau einmal anzusprechen? Drei Jahre ist ungefähr so viel wie drei Ewigkeiten.

»Und als Sie sich dann endlich getraut haben? Was sagten Sie da? Oder sind Sie weggelaufen?«

»Wieso weggelaufen? Das Ansprechen war einfach. Ganz einfach. Ich kannte ihre Lieblingsbücher, ihre Lieblingseiscreme in ihrem Lieblingseiscafé, ich wusste alles durch ihre beste Freundin und war entsprechend vorbereitet. Ich hatte Karten für eine Filmpremiere mit ihrem Lieblingsschauspieler Alain Delon. Natürlich hatte ich auch für ihre Freundin eine Karte besorgt. Man muss nicht nur dem Mädchen gefallen. Sondern auch der Freundin. Oder, sagen wir, der Tochter. Es gab nichts, was da schiefgehen konnte. Anschließend gingen wir – «

»– in das Lieblingscafé und Sie bestellten das Lieblingseis, sprachen über ihre Lieblingsbücher. Hatten Sie Blumen dabei?«

»Nein. Das wäre zu viel gewesen. Ich brachte sie am folgenden Tag zu ihrer Mutter mit einer Karte daran, wie gut mir der Tag gefallen hat.«

»Oh. Man muss also auch der Mutter gefallen?« Luisa merkte, wie sie butterweich wurde.

»So ist es. Und ich gefiel.« Herr Jordan machte wieder das kleine Schnauben. Dann griff er in ein anderes Regalfach und zog eine kleine Kiste hervor. Er reichte sie Luisa, die wusste, dass das, was sie nun sehen würde, perfekt sein würde.

»Frau Jordan wünscht sich gar kein Geschenk. Aber hier habe ich das für sie.«

»Oh. Es ist ein Anhänger«, wisperte Luisa, als müsste sie Herrn Jordan erklären, was es war. »Eine Rosenblüte in Gelbgold.« Luisa fand es wichtig, Herrn Jordan zu beweisen, dass sie auch etwas gelernt hatte bei ihm.

»Schau, sie kann sie auch als Brosche benutzen.«

Luisa war begeistert. Wenn sie dieses Jahr die Sache mit dem Prinzen als Geschenk hinbekommen hatte, würde sie nächstes Jahr ihrer Mutter auch eine Brosche schenken.

»Sind wir der Meinung, Frau Jordan hätte lieber einen Prinzen geheiratet?« Herr Jordan legte das Geschenk für seine Frau liebevoll zurück in ein Regal.

»Ein Prinz hätte sich nicht diese Mühe gemacht!«

»Dann sind wir also zufrieden?«

»Ja, das ist eine wunderbare Geschichte, Herr Jordan! Frau Jordan hat viel Glück mit Ihnen. Ich wünschte, meine Mama würde auch so glücklich werden.«

»Dann sind wir erleichtert.«

Luisa war verwirrt. Dass Herr Jordan ihr etwas sagen wollte, war klar. Herr Jordan sprach gar nicht erst, wenn es nicht von Bedeutung war.

»Aber deine Mutter ist auf jeden Fall eine glückliche Frau. Sie hat dich als Tochter.«

Luisa rutschte verlegen auf ihrem Stuhl hin und her. Immer wenn ihr Kopf und ihre Wangen sich so merkwürdig brennend anfühlten, dann wusste sie, dass sie gerade rot wurde und unweigerlich nuscheln würde. Sie schwieg also eine

Weile, in der die großen Finger von Herrn Jordan die kleine Uhr sanft hielt und sorgfältig in ihre Einzelteile zerlegte.

»Dann wird die Suche noch schwerer«, sagte Luisa und seufzte ausgiebig. »Jetzt suche ich nicht nur einen Prinzen, der reich, gescheit und anständig ist. Er muss außerdem Mama immer von der Arbeit abholen, wie Erwin Schmattke Frau Schmattke abholt«, an dieser Stelle nickte Herr Jordan zustimmend, »und jetzt auch noch alle Sachen wissen, die Mama mag. Das wird schwer. Vielleicht mache ich eine Liste, dann muss er nicht drei Jahre warten, bis er sie anspricht, sondern kann gleich morgen zu uns kommen und mit uns Weihnachtsgans essen.«

»Gibt es bei euch nicht immer Kartoffelsalat an Heiligabend?«

»Ach, natürlich. Morgen gibt es Kartoffelsalat, dann noch einmal schlafen, und dann erst die Gans. Mögen Sie Gans?«

»Frau Jordan macht eine ausgezeichnete Gans.«

»Glaube ich.« Luisa war ein bisschen entmutigt. Ihr war klar, dass die Suche nach einem Prinzen langsam so richtig schwierig wurde. Bislang hatte sie nicht nur keinen einzigen Prinzen gefunden, es war auch so, dass sie von allen Prinzen, die es gab, dann auch den aussuchen musste, der der beste war.

»Ich muss erst mal eine Liste machen. Ja, eine Liste, auf der draufsteht, was Mama alles mag.«

»Wir lieben Listen.«

»Ja, Listen sind toll. Zu Hause mache ich mit meiner besten Freundin –«

»Freundin Lelah«, fügte Herr Jordan ohne Schwierigkeiten ein. » – immer ganz viele Listen. Oma schreibt sie uns. Oder wir malen sie. Welche Ponys wir haben wollen, welche Barbie die beste ist. Letztens wollten wir die Namen unserer Lieblingslieder aufschreiben, aber meine Oma konnte die englischen Worte nicht alle.«

»Eine gute Liste braucht halt ihre Zeit.«

»Aber morgen ist schon Weihnachten und Zeit habe ich nicht. Haben Sie schon alle Geschenke?«

»Zeit ist für viele ein Problem. Vor allem vor Weihnachten.«

»Ja. Mama schimpft auch. Der Geschäftsführer hat allen den Urlaub gestrichen und will immer, dass alle ganz lange arbeiten und so.«

»So sind Geschäftsführer.«

»Gibt es keine netten?«

»Vielleicht.«

»Ich werde mal Geschäftsführer, dann bin ich nett.«

»Wir denken, dass ist eine gute Idee.«

Luisa stand vorsichtig auf. Man durfte sich nicht schnell bewegen in dem kleinen Raum. Sie ging langsam zur Tür und schaute in das Kaufhaus. Ob der Geschäftsführer schon auf der Lauer lag?

»Er macht Mittagspause.«

»Das ist gut so.« Luisa wunderte es nicht im Mindesten, dass Herr Jordan so genau wusste, was hinter seinem Rücken geschah.

»Dann gehe ich jetzt rüber zu Frau Bolduan und frage sie, ob sie mir ein Stück Papier gibt und mir bei der Liste hilft, die ich dem Prinzen dann gebe, damit er Mama schneller kennenlernt und dann morgen auch zum Kartoffelsalat kommen kann.«

»Wir halten das für einen guten Plan.«

Nachdem Luisa sich vorsichtig umgesehen hatte, lief sie zwischen den kleinen, künstlichen Tannenbäumen hindurch, vorbei an der Herrenabteilung, rüber zu den Büchern und Zeitungen.

»Hallo, Frau Bolduan«, sagte Luisa und schaute hoch zu der hübschen Dame, die am Tresen stand und ein Rätsel löste. Die schaute sich reflexartig um.

»Der Geschäftsführer ist in der Mittagspause, sagt Herr Jordan.« Luisa grinste.

»Puh. Na, wenn der das sagt, wird es stimmen.«

»Ich brauch eine Liste.«

»Was für eine Liste?« Frau Bolduan, die lange, kastanienbraune Haare trug, die ihr seidenweich über die Schultern und den Rücken fielen, runzelte die Stirn. Sie schien ernsthaft zu überlegen, ob sie eine Liste parat hatte, die sie Luisa geben konnte.

»Du musst sie mir erst machen, Frau Bolduan.«

»Wir hatten doch ausgemacht, dass du mich duzt.«

»Tu ich doch. Hab Du gesagt.«

»Aber dann musst du mich auch beim Vornamen nennen. Du und dann Herr oder Frau geht gar nicht.« Sie überlegte, wo sie das erst kürzlich gelesen hatte.

»Ach so. Du, Silke.«

»Genau.«

»Machst du mir denn nun die Liste?«

»Klar, wenn du meinst, dass ich das kann?«

Leider kam gerade in dem Moment ein eiliger Herr, der eine Tageszeitung brauchte und dann zur Rolltreppe huschte, um ins Restaurant zu kommen.

»Der nun wieder. Immer hat er Angst, man könnte ihm was wegessen da oben.« Silke schaute kopfschüttelnd hinterher. Luisa bewunderte, wie ihre schönen Haare dabei glänzten und weich hin und her schwangen. Aber für Frisurenfragen hatte Luisa keine Zeit, sie brauchte die Liste.

»Liste«, sagte sie mit Nachdruck.

»Sicher. Warte, hier habe ich einen Block, und wo habe ich, ah, da. Der Stift. Ne, der Stift hat gerade den Geist aufgegeben und der hier? Ja. Der geht. Ich habe immer mehr Stifte hier liegen, die nicht gehen, als die, die gehen.«

»Das sagst du immer.«

»Ja, das liegt daran, dass man hier nichts weg-schmeißen darf.«

»Aha.« Luisa wurde ungeduldig, traute sich aber nicht, das zu sagen. Aber Silke verstand auch so. Sie klopfte auf den kleinen Mauervorsprung hinter ihrer Kasse, wo Luisa sich draufsetzen sollte.

»Was soll ich schreiben.«

»Das wird eine Liste für einen Prinzen.«

»Wow. So was habe ich noch nie gemacht, da musst du mir aber genau sagen, was ich tun muss.«

»Nur schreiben.«

»Ach.« Silke schien erstaunt, aber setzte sich zu Luisa und klickerte mit dem Kugelschreiber her-um. Luisa durfte das zu Hause nicht, ihre Oma hasste das Geräusch.

»Mach das nicht, das macht mich nervös«, sagte Luisa daher im Ton ihrer Oma, und Silke schien beeindruckt.

»Also erst mal schreibst du: Liste für den Prin-zen.«

Silke schrieb.

»Fertig. Und jetzt?«

»Den Namen meiner Mama.«

»Deiner Mama?«

»Ja, damit der Prinz weiß, wie sie heißt. Wie sie aussieht, wird er dann ja selber sehen.«

»Also schreibe ich Susanne Hauptmann.«

»Und ihr Alter. Ich glaube, meine Mama ist zwölf.«

»Zwölf?«

»Ja, sie ist halt schon ein bisschen alt, aber noch nicht so alt wie meine Oma.«

Silke lachte.

»Ich glaube, deine Mama ist sechsunddreißig.« Silke schmunzelte und schrieb das Alter hinter den Namen in Klammern.

»Oh. Wie alt werden Menschen denn so?«

»Ach, die werden sehr alt. Keine Sorge.« Silke strich Luisa, die plötzlich ein bisschen aufgeregt war, besänftigend über ein Bein. »Was sonst noch? Und warum muss ich das für einen Prinzen aufschreiben?«

»Ach, das ist doch ganz einfach. Mama wünscht sich einen Mann zu Weihnachten. Und ich will ihr einen Prinzen schenken. Herr Kleinhans hat keinen auf Lager und in der Parfümerie gibt es auch keinen, aber Frau Schmattke hat mir von Erwin erzählt, der holt sie immer ab. Und dann war ich bei Herrn Jordan und der sagte, man muss sich erst gut kennen, wenn man zusammen was essen will.« Luisa atmete aus und dann wieder ein. »Also muss der Prinz diese Liste bekommen, damit er meine Mama schnell kennenlernt und nicht drei Jahre wartet. Dann kann er nämlich morgen gleich zum Essen kommen. Da ist ja Weihnachten. Mit Kartoffelsalat.«

»Wir haben morgen auch Kartoffelsalat.« Silke lachte fröhlich. Dann neigte sie lauschend den Kopf und hielt ihren Finger an die Lippen.

»Hörst du? *White Christmas*! Jetzt ist also wieder eine halbe Stunde rum.«

»Wie?«

»Na, die CD mit den Weihnachtsliedern. Die dauert nur gut eine halbe Stunde.«

»Ach. Ich mag die.«

»Nicht wenn du sie seit September halbstündlich hörst.«

»Der Sänger hat so eine weiche Stimme. So stell ich mir die von Herrn Wunder vor.«

»Wer ist Herr Wunder?«

»Na, der Herr Wunder!« Luisa zeigte genervt zu dem großen Schwarzweißbild an der Wand gegenüber.

»Ach.« Silke schien was sagen zu wollen, um es dann zu lassen.

»Schreib auf, dass meine Mama gerne Musik hört. Und gerne Bücher liest. Und sie mag Blumen. Aber blaue, keine gelben. Und sie mag auch Schmuck und Parfüm. Und es gibt Kartoffelsalat, aber im Sommer isst sie auch Eiscreme.«

»Oh, warte, da komme ich kaum mit.« Silke schrieb und lächelte dabei. »Eine schöne Liste. Nur, glaubst du nicht, dass ihr Prinz das schon weiß? Ich meine, der ist ja nicht doof.«

»Welcher Prinz?«

»Ach«, Silke sah Luisa eine Weile sehr genau an. »Nichts, nichts. Ich dachte nur, Prinzen wüssten das alles sowieso schon von schönen Frauen.«

»Haben Prinzen auch Listen?«

»Von den schönen Frauen bestimmt. Meinst du nicht? Die würden sich doch sonst nicht sofort mit Drachen und Hexen anlegen, wenn die nicht genau wüssten, was da als Siegtrophäe winkt?«

»Du, Silke, was ist eine Siegtrophäe?«

»Männer meinen schöne Frauen damit.«

»Ja, meine Mama ist die schönste Frau der Welt«, sagte Luisa mit Stolz in der Stimme. Sie war froh, dass sie Silke wegen der Liste gefragt hatte. Die kannte sich ja echt gut aus. Wahr-

scheinlich weil sie die vielen Zeitschriften verkaufte, in denen Prinzen drin waren.

»Das ist wohl richtig. Du bist eine ganz süße
Kleine, weißt du das?«

Aber Luisa wollte nicht plaudern. Trotz der
Liste hatte sie nur noch bis zum Geschäftsschluss
Zeit, einen Prinzen zu finden.

»Ich habe sieben Euro dabei. Ob das reicht?«

»Echt? Sieben? Klar reicht das. Prinzen bringen
ja eigentlich das Geld mit, oder?«

»Oh, das habe ich gar nicht gewusst.« Luisa
war das erste Mal richtig erleichtert. Immerhin,
dieses Problem bei der ganzen Suche war gelöst.

»Sag mal, Luisa, was hältst du eigentlich von
Daniel?«

»Weiß nicht. Der petzt gerade bestimmt meiner
Mama, dass ich hier bin.«

»Weiß die das denn nicht?«

»Nein, wie soll ich denn einen Prinzen besorgen, wenn Mama dabei ist? Er ist doch ein geheimes Geschenk.«

»Natürlich. Ich Dummchen. Hatte es vergessen. Aber Daniel weiß vielleicht, was deine Mama
mag. Und ich finde ja, dass der sehr nett aussieht
und so eine tolle Stimme hat. Und Kartoffelsalat
isst der vielleicht auch ganz gerne.«

»Unser Kartoffelsalat ist nur für echte Prinzen.«

»Hm.«

Genau in diesem Moment ging Daniel tatsächlich an ihnen vorbei. Luisa sprang flink von ihrem Platz und versteckte sich hinter dem Tresen. Silke kicherte.

»Hallo, Silke, hast du vielleicht Luisa gesehen?« hörte sie ihn fragen. Seine Stimme war ganz und gar nicht toll. Sie war einfach eine tiefe Stimme. Gar nicht prinzlich.

»Oh, nein. Luisa?« Silke schien zu grübeln. »Ist die denn schon hier? Die müsste doch noch im Kindergarten sein.« Irgendwie klang Silkes Stimme so, als würde sie sich nur mühsam ein Lachen verkneifen.

»Ja. Stimmt. Was könnte die hier auch wollen so früh, während ihre Mutter noch sehr viel zu tun hat und der Geschäftsführer das nicht gerne hätte, wenn sie gestört würde. Aber Luisa ist ja ein kluges Mädchen. Die macht das schon.«

Was redet der denn da, er hatte sie doch schon einmal herumgescheucht? Wenn er das vergessen hatte, war er aber wirklich schrecklich dumm.

»Also Luisa ist ein ganz und gar kluges Mädchen und sehr nett. Sie wäre hier nur alleine unterwegs, wenn sie was Wichtiges erledigen müsste. Zum Beispiel ein geheimes Geschenk kaufen.«

Was machte Silke denn da? Sie sollte nicht so viel mit diesem Daniel reden.

»Oh. Geschenk. Das ist gut.« Er sprach zwar nicht so deutlich wie Herr Kleinhans, aber seine Stimme klang, als würde er es ehrlich meinen.

»Hast du denn schon eins? Ein Geschenk? Für – deine, äh, Prinzessin?«

Daniel hatte eine Prinzessin? Vielleicht wüsste der dann auch, wo man einen Prinzen findet. Luisa hob den Kopf und schaute über den Tresen.

»Oh. Na so was, Luisa, da bist du ja.« Daniel lächelte schief. Er stellte sich merkwürdig gerade hin und die lange Kette an seinem Gürtel klirrte leise. Dann schaute er wieder nachdenklich auf Luisa herab. Er hatte wirklich sehr, sehr blaue Augen, die Luisa einen Augenblick zu lange ansahen. Sie war verwirrt. Es war, als betrachte sie etwas, das sie erst später wirklich verstehen würde. Sie schüttelte sich.

»Sag mal, Daniel. Du hast eine Prinzessin?« Luisa runzelte die Stirn. Sie wollte, dass er mit ihr sprach wie mit Silke.

»Bitte?«

»Hast du doch gerade gesagt. Du hast eine Prinzessin?«, wiederholte sie und wurde ärgerlich. Sie war sich nun ganz und gar sicher, dass dieser Daniel kein Prinz war, der verstand ja gar nichts.

»Luisa sucht nämlich nach einem Prinzen«, erklärte Silke und ihre Stimme war plötzlich einen Hauch höher, so kam es Luisa zumindest vor. Sie hatte das auch an Frau Schmattke bemerkt, deren Stimme wurde, wenn Erwin kam, auch anders.

Und eben sogar bei Daniel. Ob das an den Augen lag? Die waren so schrecklich hell. Vielleicht brauchte er einfach nur eine Brille?

»Bist du nicht zu jung für so was?« fragte Daniel, nachdem er Silke einen amüsierten Blick zugeworfen hatte.

»Für was?«

»Für einen Prinzen.«

»Doch nicht für mich. Für meine Mutter.« Luisa runzelte die Stirn. Nein, Daniel war alles andere als ein Prinz.

»Oh. Du suchst jemanden? Für deine –? Jemand Besseres, also ich meine, jemand wie einen Prinzen?« War er gerade zusammengezuckt? Ein Wachmann, der zuckte? Konnte der Mann eigentlich irgendwas richtig machen?

»Ja, doch. Für meine Mama. Sie hat gesagt,

dass sie gerne einen Mann hätte. Der soll dann mit uns frühstücken und überhaupt soll der wohl immer da sein. Und da kann sie natürlich nur einen Prinzen meinen.«

»Ach. Oh. Das hat sie also gesagt. Aha.«

»Ja. Und der Prinz sollte meine Mutter von der Arbeit abholen und alles über sie wissen, damit er mit ihr redet und nicht einfach nur wegläuft.« Luisa fand, dass das nun wirklich Allgemeinwissen war und sie das nicht alles immer und immer wieder den Erwachsenen erklären musste.

»Ach.« Daniels Augen hatten eben noch erstaunt ausgesehen, jetzt wirkten sie fast erschrocken. Er schaute schnell weg.

»Nicht ach. Sondern einen Prinzen. Ich suche schon den ganzen Tag einen. Und hier ist eine Liste, die Silke und ich gemacht haben, damit er alles weiß.«

Silke zeigte daraufhin den Zettel, den Daniel schüchtern überflog und dabei scheinbar mit den Worten und vor allem mit seiner Fassung rang.

»Deine Mutter will einen neuen, anderen, einen, äh, reichen Mann?«

»Ja. Hat sie gesagt. Und gescheit soll er sein. Und dann hat sie noch gesagt, er soll kein Träumer sein.«

Daniel zuckte wieder zusammen, dann räusperte er sich.

»Hier, lies.« Luisa tippte streng auf das Blatt. Er schien Mühe zu haben, sich auf das Geschriebene zu konzentrieren. Sie wartete ungeduldig, bis er fertig war. »Und wie findest du die Liste?«

»Das ist eine, eine, äh, eine gute Liste. Blaue Blumen, das ist, das wusste ich nicht. Ich dachte rote.«

Luisa nahm ihm die Liste weg.

»Das musst du ja auch gar nicht wissen!« Luisa schmollte, weil sie fand, dass er den wahren Wert dieser großartigen Aufstellung nicht erkannte.

»Aber Luisa!« Silke war plötzlich empört.

»Tut mir leid, aber ich muss einen Prinzen finden, und das ist nicht leicht.«

»Wem sagst du das«, seufzte Silke, lehnte sich ein bisschen weit über den Tresen und sah Daniel merkwürdig an.

»Du siehst heute aber wieder ganz fesch aus in deiner Uniform, Daniel«, flötete sie und schaukelte ziemlich albern mit dem Oberkörper hin und her.

»Äh. Danke. Die habe ich ja eigentlich, äh, immer an.« Er sah an sich herunter.

Luisa fand ja, dass die Uniform etwas eng saß,

besonders an den Oberarmen. Und dann dieser breite Gürtel mit den ganzen Sachen da dran. Na ja. Ein Prinz sah halt auch anders aus.

Silke hingegen seufzte und Luisa wurde langsam ungeduldig. Sie nahm den kostbaren Zettel und faltete ihn.

»Und was ist jetzt mit der Liste? Ich meine, was machst du jetzt damit?« Daniel kratzte sich am Hinterkopf.

»Die gebe ich natürlich dem Prinzen, damit der sieht, was meine Mama für eine tolle Frau ist, und sie schnell kennenlernt. Und dann kommt er natürlich morgen zum Weihnachtsessen. Hab ich doch nun alles genau erzählt.«

»Und wo, wo ist der Prinz jetzt? Woher kennt deine Mutter ihn?«

»Mama kennt ihn ja gar nicht, ich suche ihn doch noch. Echt jetzt, hab ich doch gesagt.« Luisa stampfte leicht auf, und Silke kicherte, griff aber eilig über den Tresen und klopfte Daniel auf die Schulter. Sie klopfte ein bisschen viel, fand Luisa, aber andererseits ging sie das ja nichts an.

»Luisa sucht einen Mann, weil ihre Mama gerne einen hätte«, wiederholte Silke und betonte das letzte Wort merkwürdig. »Susanne hat ja keinen Mann. Also zumindest wissen wir das nicht.«

Sie räusperte sich, grinste. »Susanne kennt ja keinen Prinzen, oder?«

Beide schauten nun zu Luisa hinunter. Daniel schien seine Fassung wiedergefunden zu haben. »Susanne kennt ihn nicht? Noch nicht? Ach. Gut. Das ist ja nett, sehr nett von dir, Susanne, äh, Luisa. Und deine Mutter ist auch ganz außerordentlich nett. Finde ich. Und das mit den blauen Blumen – «, Daniel starrte auf den Boden, »das kann ich mir mal merken. Gute Liste.« Daniel nickte und kratze sich nun plötzlich am Oberarm.

Ob ihn die Uniform juckte?

Ihre Mutter mochte ihn komischerweise, fiel Luisa wieder ein und war enttäuscht. Na ja. Ihre Mutter mochte ja jeden.

»So ein Prinz wäre sicher gerne bei euch zu Weihnachten«, fügte Daniel kleinlaut an. Es klang schüchtern.

Ein bisschen wie Lionel.

»Natürlich. Wer will schon Weihnachten alleine sein!«, sagte Silke und schaute Daniel in die Augen.

»Das stimmt. Alleine ist nicht schön.«

»Aber zu uns kommt nur ein Prinz!« Luisa wollte das klarstellen, weil sie fürchtete, die beiden würden die Schwere ihres Problems verkennen.

»Verstehe. Der hat es gut.«

»Sag ich ihm.« Luisa mochte es nicht, wie Daniel so dastand und plötzlich so merkwürdig dreinschaute.

Leon aus ihrer Gruppe im Kindergarten sah einen auch immer so an, und dann wusste man, der würde gleich heulen. Das war nervig. Und außerdem musste man ihm dann immer was vom Spielzeug abgeben.

»Du, Silke, ich guck da mal in die Zeitungen, ja? Da sind Prinzen drin.«

»Ja, mach das, Süße«, Silkes Stimme klang zerstreut. Und dann wieder einen Hauch zu hoch, als sie Daniel fragte: »Und was machst du so morgen zu Weihnachten? Bei uns ist immer Platz, wenn du magst. Es gibt auch Kartoffelsalat.«

Daniel schien sie gar nicht gehört zu haben. »Ich muss weiter«, sagte er und drehte sich um.

Luisa zog vorsichtig eine der Frauenzeitschriften aus einem der Ständer und blätterte sie auf.

Und sofort ein Treffer!

Da waren viele Prinzen. Einer mit großen Ohren, ein anderer mit einem Baby und noch ein anderer mit einem schnellen Auto.

»Die sind alle verheiratet, Süße. Und wenn du mich fragst, haben die alle kein schönes Leben«, sagte Silke, die ihr über die Schulter blickte. Dann kam eine Frau, die ein bestimmtes Buch suchte. Silke war ja auch für die Bücher zuständig. Zumindest hielt es sie davon ab, diesen Daniel hinterherzuschauen.

Luisas Oma sagte oft, die weiblichen Verkäuferinnen im Kaufhaus Wunder würden andauernd Daniel hinterherschauen. Irgendwas war wohl hinten an ihm besonders sehenswert. Erstaunlich, wie Luisa immer mehr einfiel, worüber Oma und Mama sich unterhielten.

Luisa blätterte weiter.

Nein, glücklich sahen diese Prinzen alle nicht aus, das stimmte, aber Silke hatte ja auch nicht bedacht, dass diese Prinzen alle Luisas Mutter nicht hatten. Wenn ein Prinz ihre Mutter hatte und bei ihr in der kleinen, schönen Küche am Tisch sitzen könnte, während ihre Mutter Pfannkuchen machte, dann war jeder Prinz im Handumdrehen glücklich.

Sie blätterte weiter und fand ihre Vermutung bestätigt. Kein einziger Prinz in dieser Zeitschrift bekam Pfannkuchen. Es gab nicht mal Kartoffelsalat.

Klare Sache.

Die warteten quasi alle nur auf Luisas Mutter.

Aber wo genau ging so ein Prinz hin?

Natürlich! Die waren sicher alle oben im Restaurant und aßen. Warum war Luisa da nicht selber draufgekommen? Genau da waren alle versammelt!

Luisa überdachte noch einmal alles: Sie hatte die Liste, und sie wusste jetzt auch genau, wie die Prinzen alle aussahen. Mit Anzug meist. Das war doch ganz einfach!

Sie musste nur hingehen und einen aussuchen und ihm die Liste überreichen.

»Was machst du da!«

Das war keine Frage, das war einfach nur laut. Luisa erschrak so heftig, dass sie die Seite, die sie gerade betrachtete, entzweiriss. Ihr wich das Blut aus allen Gliedern und sie betrachtete erstarrt, wie der junge Prinz von England nun getrennt war von seiner Gattin mit den langen, dunklen Haaren und dem Kind auf dem Arm.

Es war klar, wem diese schneidende Stimme gehörte.

Luisa stiegen die Tränen in die Augen, konnte sich nicht rühren, sah auf die zerrissene Seite und fragte sich nur eins: Wo war ihre Mutter?

Sie brauchte jetzt ihre Mutter.

»Was hast du getan!«, brüllte die Stimme.

Der Besitzer dieser Stimme stand jetzt dicht neben ihr und berührte mit der harten Schuhspitze fast ihr Knie. Luisa war beim Lesen immer mehr Richtung Boden ausgewichen und saß nun auf den kalten Fliesen. Luisa wusste, dass sie sich eigentlich nicht auf den Boden setzen durfte.

Aus Gesundheitsgründen zu Hause – und nicht im Kaufhaus wegen dem Geschimpfe des Geschäftsführers.

»Hörst du schlecht?«, brüllte er wieder.

Luisa liefen langsam die Tränen über die Wange. Völlig verkrampft hielt sie das abgerissene Stück Papier mit dem Prinzen in der Hand und den Rest der Zeitschrift in der anderen und sah tief verängstigt hoch.

Der Geschäftsführer war so, wie man ihn sich nicht furchteinflößender vorzustellen vermochte. Er bestand eigentlich nur aus einem bösen, sehr erschreckenden Blick und einem schreienden Mund. Luisa rappelte sich auf, fiel aber dabei um und zerknitterte die zerrissene Zeitschrift nur noch mehr.

»Das wird deine Mutter bezahlen müssen.« Er kannte Luisa leider und er wusste auch, wer ihre Mutter war. Obwohl sich Luisa gerade nichts sehnlicher wünschte, als dass ihre Mutter hier wäre, um sie zu beschützen, wünschte sie sich gleichzeitig, dass ihre Mutter von der zerrissenen Zeitung und dem Auf-dem-Boden-Sitzen nie was erfuhr.

»Ich habe Geld dabei. Ich bezahle das«, wollte Luisa sagen, aber ihr Mund war voll mit Spucke und sie konnte die Worte nicht laut und nicht mal sonderlich richtig aussprechen.

»Hör auf zu heulen. Du verschreckst mir die Kundschaft!«, blökte er.

»Aber Herr Böttcher, das Kind wollte doch nur einmal kurz in diese Zeitung – «

»Sie halten sich da mal raus, Frau Bolduan! Sie hätten das Kind gar nicht unbeaufsichtigt an die Zeitungen ranlassen dürfen! Das merke ich mir!«

Die nette Frau Bolduan wurde kreideweiß, und Luisa bekam nur noch mehr Angst. Sie weinte nun.

Wie ungerecht der kleine, dickliche, haarlose Mann doch war. Sie hatte doch nur einen Prinzen sehen wollen und die Frau Bolduan, die konnte doch nun gar nichts dafür. Und Luisas Mutter doch auch nicht!

»Und hör endlich auf zu heulen!«, brüllte er. Aber Luisas Weinkrampf wurde nur noch schlimmer.

»Du kommst jetzt sofort mit in mein Büro.«

Die Kunden blieben schon stehen und betrachteten erschrocken die Szene. Luisa kam sich so alleine vor. Es war ein Alptraum. Die Leute waren zwar gar nicht weit von ihr, aber doch so unerreichbar in ihrem beneidenswerten Zustand von »Nichts-falsch-gemacht-haben«, dass Luisa glaubte, die Welt bestünde nur aus ihr, der zerrissenen Zeitschrift und dem bösen Blick des Geschäftsführers.

»Nun lassen Sie doch das Kind in Ruhe!«, schimpfte eine ältere Dame im Vorbeigehen. Ihre mitleidige Stimme brachte Luisa um das letzte bisschen Fassung. Heulend und fast über ihre eigenen Füße stolpernd, folgte sie dem Geschäftsführer zu der unscheinbaren Feuertür des Treppenhauses.

Im Treppenhaus war es dunkel und kalt. Hierher verirrten sich nur selten die vornehmen Kunden, die nahmen ausschließlich die Rolltreppe oder die edle, freie Treppe in der Mitte der Kaufhalle.

»Hör endlich auf zu heulen. Und putz dir die Nase.«

Luisa hatte kein Taschentuch dabei.

Ihre Oma ermahnte sie stets deswegen und da sie das nun offensichtlich auch falsch gemacht hatte, weinte sie nur noch mehr. Mit dem Ärmel ihres Mantels versuchte sie die Flut an Tränen und Rotze einzudämmen, doch der Stoff des Mantels war wenig dafür geeignet.

»Igitt. Was bist du für ein Rotzblag!«, schimpfte der Geschäftsführer, während er mit einem schweren Schlüsselbund herumhantierte und eine weitere Eisentür, die in einen farblosen Bürotrakt führte, aufschloss. Er schob Luisa in ein düsteres

Zimmer, in dem er erst mal das Licht anmachen musste, damit man was sah.

Luisa packte das Grauen. War das der Ort, den ihre Mama immer heraufbeschwor, wo die bösen Männer die kleinen Mädchen verschleppten, um sie dann umzubringen? Luisa hatte so oft davon gehört und so oft hatte ihre Mutter sie davor gewarnt, dass Luisa wie im Reflex das tat, was ihre Mutter ihr eingetrichtert hatte.

Sie schloss die Augen und brüllte.

Sie brüllte so unfassbar laut, dass die Wände wackelten. Sie kniff fest die Augen zusammen, um nicht zu sehen, was gleich Grausiges mit ihr geschehen mochte, und brüllte, brüllte, brüllte.

Das ohrenbetäubende Schreien war so fest und laut, dass es in ihrem Mund zu vielen, vielen kleinen Lebewesen wurde, die sich mit kleinen Krallen erst in ihrem Hals, dann in ihrem Mund festzuhalten schienen, um dann aus ihrem Mund herauszustürmen, nicht ohne sich noch einmal kräftig abzustoßen.

Luisa merkte plötzlich, wie sie an den Schultern festgehalten und geschüttelt wurde. Würde der böse Mann sie nun umbringen?

Wo war ihre Mutter?

»Mama! Mama!«, jammerte sie und dann

musste sie Luft holen, weil sie ganz erschöpft war und ihre Augen so brannten vom Weinen und ihr Gesicht so glühte. In dieser kleinen Pause vernahm sie wie aus weiter Ferne eine Frauenstimme.

»Luisa, Luisa, so beruhige dich doch.« Es war nicht die Stimme ihrer Mutter, aber es war die Stimme einer Frau, die auf ihrer Seite war.

Luisa wagte kaum die Augen zu öffnen.

Es war die Stimme von Frau Krüger.

»Bitte hör doch auf. Hier ist ein Taschentuch. Armes Kind. Nun wein doch nicht so sehr!« Durch den Tränenschleier hindurch nahm Luisa vage ein weißes, flauschiges Ding wahr, griff danach und steckte ihre Nase hinein, schnaubte richtig und rieb sich dann das Gesicht trocken. Ihr Hals tat weh und das Gesicht glühte, aber sie merkte, wie die schlimmste Angst langsam wich.

»Wie können Sie nur dieses arme Kind so ängstigen!« Frau Krüger war die einzige bekannte Person auf der ganzen Welt, die sich traute, mit dem Geschäftsführer so umzugehen. Das zumindest erzählte man sich so, sagte Luisas Mama gerne.

Es stimmte.

Der Geschäftsführer stand in der anderen Ecke des Raums an seinem Schreibtisch, der sich unter Papierbergen bog, und sah ziemlich verschreckt aus.

Hatte er selber Angst bekommen? Hatte Luisa ihn tatsächlich mit ihrem Brüllen in Schach halten können? Das wollte sie sich merken. Brüllen war also, genau wie Mama und Oma sagten, das wichtigste Mittel gegen böse Menschen.

»Hier ist ein bisschen Wasser, Kindchen.« Die Frau vor ihr trug eine riesige Brille, hatte graue, fast weiße Haare, die aussahen wie ein Helm, aber das Gesicht schien freundlich in Falten gelegt und war ganz dicht vor ihrem. Frau Krüger war bestimmt hundert Jahre alt und trug wieder mal eines der Kleider, von denen alle sagten, dass sie die in fünf verschiedenen Farben hatte.

Das heutige war fliederfarben. Sie roch nach einer guten Seife und hielt in ihren dünnen Händen einen Pappbecher mit Wasser. Der Pappbecher war so weich, dass er sich unter dem sanften Griff der älteren Dame leicht nach innen dellte. Luisa hatte aber keinen Durst. Frau Krüger nahm ihr die zwei Teile der Zeitschrift aus der Hand, legte sie neben Luisa auf ein kleines Tischchen, reichte ihr nun mit überzeugender Gestik den kleinen Becher, und Luisa trank. Sie wusste nicht, was sie sonst hätte tun können. »Gut gemacht«, sagte sie wie eine Ärztin, als Luisa den wabbeligen Becher leergetrunken hatte. »Und nun setz dich doch einfach da hin.«

Luisa schüttelte den Kopf. Wenn sie saß, würde sie nicht so gut fliehen können.

»Gut. Dann bleib noch etwas stehen. Ich sag deiner Mama Bescheid. Und hab keine Angst, dir geschieht nichts.« Frau Krüger wollte ihr wohl wirklich nur helfen. Dennoch war es Luisa nicht recht, dass ihre Mutter hierherkam. Sie würde ja nur Ärger bekommen wegen der Zeitschrift.

»Ich lasse die Tür besser auf!«, sagte Frau Krüger zu dem Geschäftsführer gewandt. Der Blick, den sie dem etwas verunsichert wirkenden, alten Mann zuwarf, ließ wenig Interpretationsspielraum. Der Blick sagte klar: »Wehe dir!«

Der Mann verstand sofort.

Dann nickte Frau Krüger Luisa noch einmal zu und ging. Luisa lauschte sehnsüchtig dem leiser werdenden Klappern der Damenschuhe auf der Betontreppe.

Nun waren sie alleine im Büro. Der Geschäftsführer versuchte, sie zu ignorieren, und wühlte ziellos in seinen Papieren herum. Schließlich ließ er sich auf den großen schwarzen Stuhl fallen. Sein ganzer Elan schien erloschen. Er drehte sich mit dem Stuhl hin und her und dann ganz zu einem großen Fenster, das in das Kaufhaus blicken ließ. Luisa wäre unter anderen Umständen begeistert gewesen, blieb aber einfach nur da, wo man sie hingestellt hatte und rührte sich nicht.

»Nun setz dich doch.« Der alte Mann hatte sich mit seinem Sessel von seinem Tisch weg zum Fenster hingerollt, was furchtbar albern aussah. Jetzt konnte sie nur seinen kleinen Kopf knapp über der Lehne hervorlugen sehen.

»Ich bin kein Rotzblag!«

»Wie bitte?« Der Geschäftsführer war so erstaunt, dass er sich umdrehte und Luisa mit großen Augen anstarrte.

»Ich bin kein Rotzblag! Die Rotze kam nur, weil Sie mich zum Weinen gebracht haben. Das gilt nicht.« Sie fuhr sich noch mal eilig mit dem Handrücken über Nase und Mund.

»Du hast aber meine Zeitschrift zerrissen! Und das kann ich nicht dulden!«, grollte er und schaute dann aber sehr vorsichtig zur Tür. »Und jetzt setz sich.«

Luisa tat es, zwar etwas bockig, aber sie tat es. Irgendwie fühlte sie sich mit der offenen Tür und dem Wissen, was ihr Brüllen bewerkstelligen konnte, sicher.

»Ich bezahle die Zeitschrift ja noch. Ich wollte sie eh haben. Ich brauche einen Prinzen.« Das sagte sie nicht, um mit dem schrecklichen Mann ins Gespräch zu kommen, sondern um zu zeigen, dass sie eine Kundin war wie jede andere Frau auch. Und damit war sie ja offenbar etwas, das dem Geschäftsführer eigentlich sehr wichtig sein sollte.

»Man kauft die Zeitschrift erst und dann liest man sie!«

»Ich musste wissen, ob da ein Prinz drin ist.«

»Widersprich mir nicht.«

»Hab ich ja gar nicht.«

»Du bist frech.«

»Ich bin eine Kundin.« Luisa war selbst erstaunt und fast ein bisschen erschrocken über ihren Mut.

»Warte nur, bis deine Mutter kommt.«

»Meine Mutter ist auf meiner Seite!«

»Das ist ja wohl – « Er suchte nach Worten.

Sie schwiegen.

Luisa sah sich in dem Büro um. Sie hatte sich immer gefragt, wo dieses Büro des Geschäftsführers wohl sein mochte und wie es aussah. Sie hatte es sich vorgestellt wie die Drachenhöhle von Frau Mahlzahn aus den Abenteuern von *Jim Knopf* und *Lukas dem Lokomotivführer*. Kalt und aus grobem Stein gehauen. Aber es war einfach nur ein großes, kahles Zimmer mit einem großen Fenster zum Kaufhaus hin. Ob er so alles überwachte? Dann hatte er aber gute Augen, dachte sie erstaunt. Nein, das konnte nicht sein.

»Wo sind denn die ganzen Bildschirme?«

»Was für Bildschirme?« Seine Stimme klang säuerlich.

»Wo Sie immer sehen, ob ich gerade bei Frau Schmattke bin oder so.«

»Das sehe ich in der Tat.«

»Dann sehen Sie ja auch, dass ich immer beim Einpacken helfe und gar nicht störe. Ich bin eine große Hilfe. Heike sagt das auch immer«

»Hm«, machte er und das konnte so ziemlich alles heißen.

»Und wo sind nun die Bildschirme, bitte schön?« Luisa ließ nicht locker.

»Im Computer.« Er zeigte auf das einzig moderne Stück Technik im Raum.

»Im Computer kann ich alles sehen! Alles!« Ihm schien es ungeheuer wichtig zu sein, dass Luisa das verstand.

»Und warum müssen Sie alles sehen?«

»Weil die Leute nicht richtig arbeiten, wenn man sie nicht überwacht. Und wenn sie nicht richtig arbeiten, dann machen wir nicht genug Umsatz. Und wenn wir nicht genug Umsatz machen, dann stimmen die Zahlen nicht und dann kommt der oberste Chef und dann bin ich es, der den Ärger bekommt. Was glaubst du denn, wie man ein Kaufhaus führt? In der heutigen Zeit? Aber dafür bist du noch zu klein. Zu dumm und zu klein.«

»Stimmt gar nicht. Ich bin gar nicht mehr so klein! Ich komme nächstes Jahr in die Schule. Und ich finde Ihren doofen Computer grässlich.«

»Bitte?« Er schien beeindruckt.

»Und ich bin eine Kundin.«

»Ach ja? Und wer bezahlt deine Mutter, damit die dir dein ganzes Spielzeug kauft und deinen Mantel und deine Schuhe? Na? Woher kommt das Geld wohl? Das Leben ist kein Spielplatz.«

Luisa stellte sich jetzt wieder hin und kramte in ihrer Hosentasche, in die sie das Geld gesteckt hatte.

»Wie viel kostet die Zeitschrift? Ich bezahle sie jetzt. Und dann stimmen diese Umsatzdinger wieder.«

»Was? Ach, die Zeitschrift, die Zeitschrift, die Zeitschrift! Es geht doch nicht um die Zeitschrift.«

»Nicht?« Luisa war so erstaunt, dass sie sich wieder auf den Sessel plumpsen ließ, der ein sehr altersschwaches Geräusch machte. »Ich dachte, Sie wollen nur das Geld.«

»Das verstehst du nicht! Dummes Kind! Dafür bist du zu klein.«

»Ich bin nicht klein, und ich habe Geld! Sieben Euro!«

»Lächerlich! Das wird nicht reichen. Sieben Euro, oder siebenhundert Euro, nicht mal siebentausend Euro! Immer muss es mehr Umsatz sein. Immer mehr als im Jahr davor und dann wieder mehr und so weiter. Pfff! Als ob du das begreifen könntest! Lächerlich!« Er knöpfte sich seinen Anzug zu, als wäre ihm zu kalt. »Und wenn das Personal das nicht verstehen kann und statt zu verkaufen lieber schwatzen oder zu spät kommen oder noch Schlimmeres, dann schafft niemand diese Zahlen.«

Luisa hatte das Gefühl, dass der Geschäftsführer ein bisschen schrumpfte, während er das vor sich hin grummelte und auch irgendwie gar nicht mit ihr sprach, sondern nur so vor sich hin redete.

Er war jetzt nicht mehr Frau Mahlzahn, sondern der Zauberer von Oz, der zum Schluss ganz schön armselig versuchte, hinter einem Vorhang an Knöpfen zu drehen, um Dorothy und ihren Freunden Blechmann, Vogelscheuche und dem Löwen und allen anderen Leuten Angst zu machen. Aber das klappt nicht, wenn man erst mal hinter seinen kleinen Vorhang geguckt hat.

»Vielleicht sollten Sie mal versuchen, nett zu diesen netten Menschen zu sein. Ich hab die alle sehr gern.«

»Mit nett schafft man keine Zahlen. Umsatz muss hart erarbeitet werden. Es wird einem nichts geschenkt! Aber warum erzähle ich dir das, das verstehst du noch nicht.«

Luisa fand, er betonte das zu oft. Das ärgerte sie schrecklich.

»Sie haben es bestimmt nicht versucht. Meine Oma sagt, wenn man es gar nicht erst versucht hat, ist man dümmer, als wenn man versagt.«

»Unsinn.« Trotzdem schien er über ihre Worte nachzudenken. Oder bildete sie sich das ein?

»Gar nicht! *Du* redest Unsinn.«

»Du bist ein richtig freches Gör. Wird Zeit, dass du mal richtig – «, er machte eine Pause, in der er Luisa abschätzend ansah und dann offenbar seine Meinung änderte und den Satz mit »Ärger bekommst« enden ließ.

Luisa war beleidigt. Und auch ein bisschen beunruhigt, was, wenn ihre Mutter sie nun tatsächlich ausschimpfte? Besser nicht dran denken. Luisa sah sich im Büro um. Alles andere war alt und ein bisschen schäbig. Hier war übrigens auch kein Weihnachtsschmuck, keine Blumen in einer Vase. Nicht mal eine Tasse Kaffee oder ein Aschenbecher. Hier war nichts. Nicht mal Farbe. Nur Grau, Weiß und Schwarz. Und auch kein Bild von Herrn Wunder.

»Warum haben Sie hier nicht mal Weihnachtsschmuck?«, sagte Luisa in die entstandene Stille, weil sie etwas Pause brauchte von den schwierigen Gedanken.

»Weihnachtsschmuck?« Er lachte, als hätte er während des Schimpfens einen Schluckauf bekommen. »Was soll das denn bringen? Gar nichts bringt das! Gar nichts!«

»Es wäre aber schön.«

»Schön bringt keine Zahlen.«

»Und Ostern?«

»Ostern?«

»Häschen und so bunte Eier.«

Er starrte sie eine erstaunliche Zeit lang nur stumm an, dann sagte er: »Auch nicht. Kein Weihnachten, kein Ostern.«

»Dann ist es ja kein Wunder, dass Sie so schlecht gelaunt sind.« Luisa wandte sich auf dem kleinen Sessel so weit ab von dem Geschäftsführer, wie es ging, ohne dass das Sitzmöbel ganz und gar zusammenbrach.

»Du bist ein ganz vorlautes Ding. Es wird Zeit, dass dir mal einer Manieren beibringt.«

»Meine Oma meint, dass ich ganz tolle Manieren habe!«

»Die hat keine Ahnung!«

»Meine Oma? Wie können Sie so was sagen!«

»Schon gut, nun heul nicht gleich wieder. Mit Kindern hat man auch nur Ärger.«

»Und wo ist überhaupt der nette Herr Wunder. Ich will mit dem reden, der ist nett und dem gebe ich dann auch das Geld für die kaputte Zeitschrift.«

»Welcher Herr Wunder?«

»Dem das Kaufhaus gehört.«

»Der Mann, dem das Kaufhaus gehört, heißt völlig anders. Der ist nicht von hier.«

»Waaas? Hat Herr Wunder das Kaufhaus verkauft? Das schöne Kaufhaus?« Luisa war entsetzt. Ihre Stimme quietschte, und ihr Hals tat sofort wieder viel mehr weh.

»Ich habe übrigens auch einen Namen«, sagte er etwas beleidigt.

»Ja, ich weiß. Sie sind der Geschäftsführer.«

»Das ist aber nicht mein Name.«

»Sie heißen aber nicht Wunder.« Das war keine Frage, das war eine Feststellung.

»Ich heiße Böttcher. Herr Böttcher.«

»Mir egal.«

»Frechheit.«

»Gar nicht frech.«

»Oh doch! Du bist ein sehr, sehr freches Kind. Hoffentlich kommt deine Mutter bald! Und die wird sich was anhören müssen!«

Es schien Erwachsenen ein tiefes Bedürfnis zu sein, anderen Erwachsenen zu berichten, wie frech deren Kinder waren. Es war, als wäre das eine schlimmere Sache als dem anderen Erwachsenen einfach ins Gesicht zu sagen: »Ich kann dich nicht leiden.« Es musste also viel erschreckender sein, anhören zu müssen: »Dein Kind ist frech.«

Luisa drückte sich mit ihren Armen von den kleinen, mit rauem, grauem Stoff bezogenen Armlehnen nach hinten, so dass ihr Oberkörper in die Rückenlehne gepresst wurde. Der alte Sessel gab einen beklagenswerten Ton von sich. Sie wollte nicht, dass ihre Mutter traurig wurde. Sie überlegte, wie sie das verhindern konnte. Eine Weile saßen sie so da. Man hörte das leise Gemurmel aus der Halle, und irgendwo tickte leise eine Uhr.

»Sind Sie wirklich böse auf mich? Sie kennen mich doch gar nicht. Immer höre ich von Daniel, dass Sie böse auf mich sind. Ich tue doch gar nichts.«

»Wieso fragst du das?« Der Geschäftsführer schaute zu ihr herüber, Luisa sah es aus den Augenwinkeln. Ein bisschen schien es ihr, als sei er erleichtert, dass sie etwas sagte. Die Stille im Raum war nicht schön.

»Ist es nicht offensichtlich?«

»Keine Ahnung. Was ist offensichtlich? Vielleicht sind Sie wegen was anderem böse.«

»Unsinn. Was sollte das denn sein?«

»Na, ich denke – « Sie überlegte, ob sie das jetzt sagen sollte, aber einen Versuch war es wert: »Weil meine Oma sagte, dass Sie schwierige Ehe haben.«

»Bitte was? Frechheit!« Er sprang von seinem Sessel auf, wollte einen Schritt gehen, verhedderte sich aber am Tischbein und ließ sich wieder auf den Sessel fallen.

»Bodenlose Frechheit!« Er knöpfte sein Jackett wieder auf, um es dann sofort wieder zuzuknöpfen.

Das hatte Luisa nicht erwartet. Ihr Herz klopfte vor Aufregung. Der Geschäftsführer, der nun einen Namen hatte, sprang noch einmal mit Elan aus seinem Bürosessel auf. Dieses Mal prallte er gegen den schweren Mülleimer und lief dann wutentbrannt vor seinem Tisch auf und ab. Luisa war erst sehr erschrocken, dann aber tat er ihr leid.

»Schwierige –! Unfassbar! Impertinent! Und wer hat dir das überhaupt gesagt!«

»Meine Oma! Und die weiß alles. Es muss also stimmen.«

»Wer das hier gesagt hat, will ich wissen! Das muss doch jemand vom Personal gesagt haben! Das ist doch – «

»Klar. Alle reden darüber. Und Oma erwähnt das immer, wenn sie meine Mutter beruhigen will. Meine Mutter kann Sie nämlich auch nicht leiden.«

Luisa fand, das dürfte sie ruhig verraten, denn das war nicht gelogen. Und man soll ja nicht lügen.

»Das ist doch … Feuern sollte man alle! Feuern! Einfach raus, die ganze Bagage. Die sind es doch nicht wert, dass man sich Tag für Tag abrackert, damit die Zahlen stimmen! Einfach rausschmeißen. Das ist doch wohl das Letzte!«

»Sie meint es doch nur gut!«

»Und ausgerechnet deine Mutter! Die hat doch auch nur Augen für –! Das ist doch alles nicht in Worte zu fassen!«

Luisa, immer noch erstaunt darüber, wie mutig sie auf einmal war, sah nun mitleidig zu, wie der Mann sinnlose Selbstgespräche führte. Und er tat ihr immer mehr leid.

»Was ist denn überhaupt schwierige Ehe? Ist das wie Zahnschmerzen?«

»Bitte? Da fragst du noch?«

»Ich weiß nicht mal, was Ehe ist.«

»Das sieht dir ähnlich, das sieht dir ähnlich! Aber was kann man von einem unehelichen Kind schon erwarten. Deine Mutter war mir schon immer suspekt. Ja. Suspekt.«

»Was ist denn jetzt sus-dings. Ich verstehe Sie nicht, obwohl Sie laut schreien!« Luisa hatte nun den Ton ihrer Oma getroffen. Irgendwie beruhigte das Herrn Böttcher erstaunlich schnell. Er knöpfte wieder an seiner Jacke herum. Luisa dachte, dass ihre Oma ihr das bestimmt verboten hätte, wenn sie so an ihrer Jacke herumhantiert hätte.

Eine Weile sagte niemand was und der Herr Böttcher kam langsam wieder zu Atem.

»Ja, was ist sus-dings?«

»Suspekt ist, wenn etwas, na, halt suspekt ist.«

»Na, toll. Und jetzt sagen Sie bestimmt noch, dass das schon immer so war.«

»Äh.« Er war ganz durcheinandergeraten.

»Das ist ja ungeheuerlich. Dieses Kind ist impertinent!« Mittlerweile sprach er nicht mehr so energisch.

»Suspekt heißt fragwürdig. Merk dir das!«

»Fragwürgend?« Luisa zog die Augenbrauen hoch.

»Na, fragwürdig halt. Es macht einem etwas Angst.«

»Sie haben Angst vor meiner Mutter?« Luisa platze fast vor Stolz.

»Deine Mutter und dieser – «

»Und Herr Wunder?«

»Der heißt doch nicht Wunder mit Nachnamen!«

»Aber alle nennen ihn so. Und das Kaufhaus ist doch nach ihm benannt und die vielen Fotos.«

Der Geschäftsführer hielt in seinem sinnlosen Versuch, das Zimmer auf und ab zu schreiten, inne, um sich zu beruhigen, und setzte sich wieder auf seinen Bürosessel.

»Herr Wunder? Du fragst nach Herrn Wunder? Du glaubst doch nicht, dass der hier herumläuft? Den gibt es doch gar nicht!« Die Worte trappelten durch den Raum. Sie schienen an jedes Möbelstück zu stoßen, bevor sie in Luisas Ohren ankamen.

»Wen gibt es nicht?« Luisa horchte auf. Sie war sich sicher, etwas falsch verstanden zu haben, aber ihr Herz pochte sehr laut.

»Den Herrn Wunder.«

»Ja. Den mag ich.«

»Den gibt es nicht.«

»Den gibt es schon! Natürlich gibt es ihn! Überall hängen Bilder von ihm.«

»Ach, du dummes Kind, das ist doch Unsinn.«

»Doch, überall. Gucken Sie da! Überall.« Sie war aufgesprungen und schnell zu dem Überwachungsfenster gerannt und zeigte in das sich weit öffnende Rund des Kaufhauses. Sie zeigte so energisch, dass sie mit dem Zeigefinger gegen das Glas stieß.

Herr Böttcher sah sie von der Seite an und nuschelte etwas.

»Man darf nicht nuscheln. Sagt Herr Jordan«, schimpfte Luisa zusammenhangslos.

»Wie?«

»Wie bitte! Heißt das. Sagt Frau Schmattke.«

»Also wirklich! Das ist impertinent.«

Luisa atmete genervt durch. »Und was heißt das nun wieder?«

»Das ist doch – das ist doch.« Seine Augen rollten bedrohlich hin und her wie bei einer Schlafpuppe, die man zu sehr schüttelte. Dann fixierten sie Luisa.

»Dein schöner Herr Wunder ist ein Marketing-Gag. Eine Erfindung. Es gibt ihn nicht. Keine Ahnung, wer das auf dem Foto ist. Jedenfalls heißt der Mann nicht Wunder. Es gibt ihn nicht. Verstanden?«

Luisa starrte den Geschäftsführer an. Tröpfchenweise drang das Gesagte zu ihr durch. Dann schluckte sie schwer, sah wieder durch das Fenster in das Kaufhaus.

»Doch«, flüsterte Luisa kraftlos, »doch, es muss ihn geben. Irgendwo«, und sie sah auf die sepiafarbenen Bilder, die großformatig die Wände zierten. Ein ganz großes, leuchtendes Bild stand in der Nähe der Rolltreppen. Die Kunden, die nun zu einer verspäteten Kaffeezeit in das Kaufhaus strömten, würdigten es keines Blickes.

»Weißt du, was ein Marketing-Gag ist, mein liebes Fräulein?«

»Nein. Nein. Nein.« Luisas Ohren schienen nur mit Mühe die Worte durchzulassen, die im Hintergrund Herr Böttcher vor sich hin brabbelte.

»Jawohl! Ein Marketing-Gag ist eine Lüge, die den Kunden das Gefühl geben soll, sie seien irgendwo gut aufgehoben. Als gäbe es da jemanden, den mehr an einem Kunden interessierte als nur sein Geld. Das gibt es aber nicht. Hier interessiert niemanden irgendwas – nur das Geld.«

Luisa war wie erstarrt. Ein dicker Kloß schien sie am Schlucken zu hindern.

»Nein. Nicht wieder heulen.« Herr Böttcher schien sich nicht entscheiden zu können, ob er ernsthaft besorgt sein sollte, dass Luisa wieder brüllen könnte, oder einfach nur genervt von ihr. Er atmete schwer.

Luisa fand das gemein. Sie stand nur da und schaute auf ihre Schuhspitzen und suchte in ihrem Herzen etwas, an dem sie sich festhalten konnte. Als die Pause zu lang wurde, sagte der Geschäftsführer, als wollte er sichergehen, dass Luisa alles richtig verstanden hatte: »So ist das nun mal im Leben. Und den Weihnachtsmann gibt es ja auch nicht. Und auch nicht den Osterhasen.«

»Das weiß ich. Mama und Oma kaufen mir

meine Geschenke. Und mir ist das recht. Warum sollte ein dicker, fremder Mann mir etwas schenken? Ich brauche ja nichts. Außer für die Barbie. Und Oma sagt, die Barbie hätte genug und bekäme jetzt erst mal nichts mehr, sonst würde sie zu eingebildet. Und Mama sagt, es gäbe schreckliche viele Kinder auf der Welt, die hätten es viel nötiger als die Barbie.«

Luisa fand das Gespräch doof. Natürlich gab es keinen Weihnachtsmann! Wozu auch? Es gab ja das Kaufhaus Wunder.

»Oh. Das ist ja – äh –, das hatte ich nicht erwartet. Wie alt bist du?« Er schien beeindruckt, aber das konnte Luisa nicht trösten.

»Fünf.«

»Erstaunlich lebhaft. So mit fünf. Nun ja.«

»Es muss ihn aber geben.«

»Wen jetzt? Ich fürchte, ich komm nicht mehr ganz mit, Kind.«

»Herrn Wunder. Es muss ihn geben. Ganz sicher.«

»Ich sagte doch gerade – «

»Aber Herr Wunder war doch immer da, wenn ich alleine durch das Kaufhaus lief«, schnitt sie ihm das Wort ab, was er ganz und gar nicht leiden mochte, was Luisa aber egal war.

»Ich habe es doch gefühlt, dass er da war«, erklärte sie und zeigte auf ihr Herz. Ihre Stimme wurde unsicherer. Sie konnte nichts dagegen tun.

In manchen Situationen, eigentlich genau dann, wenn es darauf ankam, versagten Luisa zwei wichtige Sachen: Stimme und Augen. Die Stimme wurde wackelig, die Augen heulten immer gleich los. Das nervte. So würde das nie was.

»Ach, du dummes Kind! Das mag ja sein, dass du da was gespürt hast, aber es gibt ihn nicht. Punktum.«

»Das kann nicht sein.«

»Den Osterhasen gibt es ja auch nicht.«

»Nein. Osterhasen legen keine Eier. Das war eh immer der größte Blödsinn von allem«, sagte sie und wieder war es der Tonfall ihrer Oma, der sie für einen kleinen Augenblick erwachsen werden ließ.

»Ja. Das ist … äh … richtig.« Herr Böttcher schob den Papierstapel wieder zurück, ließ aber Luisa nicht aus den Augen. Der war es mittlerweile egal, ob er sie böse ansah oder nicht.

»Aber Herr Wunder …«, hauchte sie und legte ihre Stirn an das Fensterglas.

»Na, so wichtig ist es doch nicht, dass es ihn

gibt, oder?« Es klang erstaunlich versöhnlich. Wie Lelah, wenn sie sich zu lange gezankt hatten.

»Doch. Es gibt ihn!«

»Unsinn.«

»Doch, es gibt ihn. Ich weiß es. Er ist irgendwo da, zwischen den Kunden, und er freut sich, wenn jemand etwas findet, was er gebrauchen kann. Und er mag Frau Schmattke, Herrn Kleinhans und er mag auch Herrn Jordan und Frau Bolduan. Und von Frau Wildbolz sagt er, sie habe die Frisur von Prinz Eisenherz!«

Das sagte ihre Oma zumindest und dann würde Herr Wunder das bestimmt auch tun. Luisa holte tief Luft.

»Er ist nicht so wie Sie. Er findet es toll, wie ordentlich die Anzüge in der Abteilung von Herrn Kleinhans aussehen und – « Jetzt liefen doch wieder die dicken Tränen über ihre Wangen, und sie konnte gar nicht mehr richtig sehen, was unten im Kaufhaus vor sich ging.

»Na na na.« Die Stimme des Geschäftsführers klang sehr beunruhigt.

Luisa war es egal. Sie hatte noch nie etwas so Gemeines gehört. Sie schluchzte.

»Man muss sich im Leben mit so manchem abfinden. Wo bleibt nur deine Mutter? Ich finde, sie sollte dich jetzt endlich abholen. Ich habe nicht den ganzen Tag Zeit, den Babysitter für ein kleines Kind zu spielen.«

Luisa wollte einwenden, dass sie kein kleines Kind mehr war, aber sie fühlte sich jetzt doch recht klein. Hilflos. Sie war zu klein, um sich dagegen zu wehren, dass man sie beschimpfte, zu klein, um eine Zeitschrift zu lesen, ohne sie zu zerreißen, und zu klein, um Mamas Wunsch nach einem Prinzen zu erfüllen.

Sie wollte nur eins: ganz schnell hier raus!

Unter Tränen zog sie die sieben Euro aus ihrer Hosentasche und legte sie auf Herrn Böttchers Tisch.

»Was soll das?«

»Für die blöde Zeitschrift«, sagte sie unter Tränen.

»Die kostet keine sieben Euro.« Mit flinken Fingern hatte er den zerknitterten Geldschein aufgefaltet und die Zweieuromünze mit seinem Zeigefinger leicht zur Seite geschoben.

»Mir doch egal.«

»Geld sollte einem immer das Wichtigste sein.«

»Meine Mama ist das Wichtigste.«

»Oh.« Hörte sie den Geschäftsführer sagen. Und das war mal ein richtig gutes Oh!

Jawohl. Mama war das Wichtigste. Sollte er doch mal gucken, ob er was fand, was wichtiger war. Pah, im Leben würde er nichts finden.

»Sie sind böse und gemein. Gut, dass sie schwierige Ehe haben. Und hoffentlich auch einen dicken Schnupfen! Jawohl!«

»Ach.« Richtig beeindruckt schien er nicht.

»Haben Sie gehört? Ich mag Sie nicht«, sagte sie deshalb noch einmal, aber weder schüchterte ihn das ein, noch schien es Luisa die richtige Formulierung zu sein.

Worte waren manchmal schwer zu finden.

»Gut. Vielleicht ist das ganz gut. Ich mag dich nämlich auch nicht, kleines Fräulein.«

Luisa strich sich energisch die Reste der Tränen von der Wange. Anders als vorhin, als sie dachte, Herr Böttcher könnte sie auffressen oder anderes tun – da hatte sie nämlich richtig Angst gehabt –, war sie jetzt einfach nur wütend auf ihn.

»Bevor hier das Kaufhaus gebaut wurde, stand an dieser Stelle sehr oft ein Zirkuszelt«, sagte er plötzlich unvermittelt.

Sie schwieg, hob nur trotzig das Kinn und ließ sich auf den Sessel fallen.

»Und der Zirkus soll Wunder geheißen haben. Deshalb.«

»Versteh ich nicht. Wieso erzählen Sie mir das?«

»Deshalb heißt wahrscheinlich das Kaufhaus, wie es nun einmal heißt, nämlich Kaufhaus Wunder.«

»Eben. Der Herr Wunder hat dann seinen Zirkus verkauft und das Kaufhaus gebaut. Genau so muss es gewesen sein«, erwiderte sie wütend.

Herr Böttcher schüttelte den Kopf. Erst energisch, dann immer langsamer, und griff schließlich in die Brusttasche seines grauen Anzugs.

»Putz dir doch mal das Gesicht. Wie sieht das denn aus, wenn deine Mutter gleich kommt.« Er reichte ihr sein Stofftaschentuch.

»Ich habe selber ein Taschentuch«, sagte Luisa, die gar keins hatte, aber das nicht zugeben wollte, und rieb sich das Gesicht an dem Ärmel ihres Mantels ab. Das kratzte und brachte nichts.

»Nimm doch.«

Wiederwillig griff sie nach dem Tuch.

»Hör jetzt auf zu heulen.« Er winkte ab, als sie ihm das Tuch wiedergeben wollte.

»Wo bleibt denn nur deine Mutter?«

»Werden Sie sie jetzt feuern?«

»Nein. Ich werde ihr nur sagen, sie soll auf dich besser aufpassen.«

»Sie behält also ihren Job?«

»Ja, ja, in Gottes Namen!«

»Und Sie sagen es nicht Herrn Wunder?«

»Was denn jetzt?«

»Dass ich die Zeitschrift zerrissen habe?«

»Ich hab doch gesagt –« Er hörte auf zu sprechen, weil Luisas Unterlippe plötzlich zu zittern
anfing.

»Ja, ich sag es ihm nicht. Versprochen.«

»Gut. Gut.« Luisa nahm nun wieder das Stofftaschentuch und trötete mit aller Macht hinein,
rieb sich die Wangen noch ein bisschen trockener
und atmete durch.

Es war unsinnig zu hoffen, dass ihre Mutter
nicht bemerken würde, dass Luisa geweint hatte,
aber wenn sie die Haare ein bisschen ins Gesicht
schob? Vielleicht würde sie es dann erst merken,
wenn sie sich etwas beruhigt hatte. Eilig trank
Luisa den letzten, winzigen, warmen Schluck aus
dem weichen Becher.

Draußen im Treppenhaus hörte man eilige
Schritte. Es waren leichte Schritte. Von einer Frau.

»Na, endlich hat die liebe Seele Ruh.« Der Geschäftsführer atmete tief durch.

Es war ihre Mutter. Susanne Hauptmann trug
eine dunkle Hose und einen schwarzen Rollkra-

genpulli. Ihr dunkelblondes, langes Haar fiel ihr weich auf die Schultern. Sie blickte kurz auf den Geschäftsführer, dann auf Luisa, die versuchte, möglichst viel von ihrem Gesicht hinter ihren Haaren zu verstecken.

Half nicht.

»Luisa! Du hast ja geweint! Warum? Was ist mit dir?« Susanne hockte sich vor ihre Tochter, strich die Haare prüfend beiseite, richtete sich dann auf und drehte sich zornig zu Herrn Böttcher.

»Was haben Sie mit meinem Kind gemacht?«

»Alles in Ordnung, Frau Hauptmann, wir haben das geklärt –« Weiter kam der Geschäftsführer nicht.

»Wie können Sie ein kleines Mädchen so weinen lassen! Ihre Sekretärin hat mir schon einiges berichtet. Ich sag Ihnen mal was, Herr Böttcher! Sie sind ein widerlicher Mann, wissen Sie das eigentlich? Und das wollte ich Ihnen schon immer mal sagen, es reicht mir mit Ihnen! Und da bin ich weiß Gott nicht die Einzige!«

»Gute Frau Hauptmann, es ist doch alles geklärt!«, versuchte er halbherzig.

»Mama, wirklich! Es ist schon gut!«

Aber ihre Mutter ließ sich nicht beruhigen.

»Sie sind ein kleiner, schmieriger Mann, der

keine Ahnung hat, wie man mit Menschen richtig umgeht! Sie sind eine Schande für das ganze Haus. Dass Sie uns alle so schlecht behandeln, daran sind wir selber schuld. Weil wir uns das gefallen lassen. Aber Sie werden es nicht wagen, meiner Tochter was anzutun. Ein kleines Kind zum Weinen zu bringen! Sie kommen sich wohl sehr mutig vor, was?«

Stille.

Herr Böttchers Gesicht färbte sich zu einem gefährlichen Dunkelrot.

»Mama, nicht, schon gut.«

»Arme Luisa!« Ihre Mutter legte sanft den Arm um sie. Luisa spürte die Wärme ihres mütterlichen, so vertrauten Körpers, roch ihr Parfüm und den Duft ihrer Haare.

»So werden Sie mit meinem Kind nicht umgehen. Haben Sie das verstanden! Nicht mit meinem Kind!«

»Wie reden Sie eigentlich mit mir!« Herr Böttcher stand hinter seinem Schreibtisch auf, wagte aber nicht, seine Deckung zu verlassen.

»So hätte schon lange jemand mal mit Ihnen reden müssen!«

»Eine Unverschämtheit!«

»Wer hier unverschämt ist, das ist ja wohl sonnenklar, Herr Geschäftsführer.« Das letzte Wort spuckte sie fast aus.

»Das wird Konsequenzen haben, Frau Hauptmann!«

»Ja, immer diese Drohungen. Immer mit Rauswurf drohen! Das haben Sie nun lange genug gemacht!« Sie holte tief Luft: »Ich kündige!«

Für einen kurzen Moment schien sie selber erschrocken über ihre Worte zu sein.

Der Geschäftsführer sah sie mit erstaunten Augen an. Ganz langsam kam er nun mit erhobenem Kinn um den Tisch herum.

Luisas Mutter starrte ihn wütend an und hielt dabei Luisas Hand fest umklammert.

»Sind Sie jetzt von allen guten Geistern verlassen? Wovon will eine alleinerziehende Frau denn leben? Haben Sie so viel Erspartes?« Sein Lachen klang bemüht.

Luisa zuckte zusammen, unendlich oft hatte sie diese Diskussionen zwischen ihrer Mutter und Oma verfolgt. Es gab in dem Leben eines Erwachsenen nichts Schlimmeres als ohne Job zu sein. Arbeitslos nennt man diesen Zustand.

Es ist wie Grippe, nur dass man nicht von alleine wieder gesund wird.

»Ist das Ihr letztes Wort, Frau Hauptmann?«

»Natürlich! Wieso fragen Sie das noch? Sehe ich so aus, als würde ich scherzen?«

»Also gut. Wie Sie wünschen. Dann also, bitte. Sie sind freigestellt.« Herr Böttcher wies in Richtung Tür.

Plötzlich hörte man aus dem Treppenhaus Schritte. Es waren schwere Schritte. Die eines Mannes. Im nächsten Moment erschien Daniel im Büro. »Ich habe es jetzt erst erfahren – geht es dir gut?«, fragte er außer Atem. Er wirkte mit einem Mal größer und stärker als sonst. Sein Blick war auf Luisas Mutter fixiert, sie schien die Einzige zu sein, die er im Raum wahrnahm.

»Schon gut, Daniel.«

»Ist wirklich alles okay?« Erst jetzt blickte er zu Luisa herunter.

»Ja, ja. Lass uns gehen.«

Luisa wand sich aus der zarten Umarmung ihrer Mutter und starrte erstaunt Daniel an, wie er auf ihre Mutter herabblickte und mit diesen wenigen Worten offenbar alles erfahren hatte, um die ganze schwierige Situation zu verstehen, die Luisa selbst noch nicht ganz verstanden hatte.

»Susanne, was ist passiert?«, fragte Daniel leise und seine eishellen Augen verfolgten aufmerksam jede ihrer Bewegungen, glitten über ihr zornverzerrtes Gesicht. Mit einer Hand berührte er sie ganz leicht am Arm. Er stand jetzt ganz dicht bei ihr.

»Mama. Ich wollte nicht – ich wollte doch nur – «, begann Luisa, die plötzlich zappelig geworden war, um ein aufkommendes beunruhigendes Gefühl, dass sie nicht deuten konnte, zu verscheuchen.

»Ja, Luisa, ist alles gut. Es ist nicht deine Schuld.« Ihre Mutter sprach jetzt ganz sanft.

»Ich wollte dir doch nur einen Prinzen kaufen, Mama. Einen Prinzen.« Luisa zitterte.

»Was ist das nur für ein Unsinn. Ich benötige keinen Prinzen. Das Einzige, was ich brauche, ist ein guter Job. Und sonst gar nichts.«

»Keinen Prinzen? Du willst keinen?« Luisas Stimme überschlug sich.

»So was brauch ich nicht. Ich brauche was Besseres.«

»Aber, aber – «

»Lass gut sein. Du kannst da nicht helfen. Ich schaffe das schon alleine.«

»Ich hab so für dich gesucht! So doll.«

»Schscht.« Ihre Mutter hörte gar nicht mehr richtig zu, sondern suchte etwas in ihren Hosentaschen.

In Luisa stieg die Wut auf. Alles, aber auch alles war umsonst gewesen. Die Lügen gegenüber Heike, ihre Flucht aus dem Kindergarten, die Gespräche, die Listen … ihre Mutter wollte gar keinen Prinzen!

»Aber ein Prinz!«

»Träumereien bringen niemanden weiter.«

»Aber, Mama. Du willst mein Geschenk nicht?«

»So meinte das deine Mama sicher nicht, Luisa!« Daniels Stimme klang verzweifelt. Er warf ihrer Mutter einen unendlich traurigen Blick zu und schien sogar ein wenig von ihr zurückzuweichen.

»Lass mal, Daniel. Das, das ist alles zu kompliziert. Ich denke, das haben wir doch gestern alles durchgesprochen. Es funktioniert nicht. Bitte. Lassen wir das.«

»Aber, ich –« Daniel hielt mitten im Satz inne.

»Lass gut sein. Du bist einfach, wie soll ich sagen, du bist einfach zu viel des Guten. Das ist einfach – zu viel.« Luisas Mutter machte eine abwehrende Handbewegung.

»Susanne, ich lieb dich aber.«

»Lass. Und nicht hier und nicht jetzt. Lass es. Das ist, das ist … lassen wir das.«

Luisa sah, wie Daniel kraftlos neben ihrer Mutter stand. »Du liebst meine Mutter?«, presste sie nur mit Mühe heraus.

»Nein, Kind, vergiss, was er gesagt hat. Das würde nicht funktionieren. Das ist einfach – vorbei. Egal. Vergiss es. Ich brauche einen Job.«

Dann drehte sie sich zu Daniel um und zischte: »Und mein Kind braucht mich.«

»Und der Prinz?« Luisa konnte ihre Gedanken nicht zusammenbringen. Alles war so verschwommen.

Daniel. Und der Prinz. Und die zerrissene Zeitschrift. Sie blickte zum Geschäftsführer, der die drei anstarrte und irgendwie ganz traurig guckte. Komisch.

»Prinzen? Du meinst Männer, die einfach zu nett sind, um wahr zu sein? Die immer verständnisvoll sind und meinen, es wäre sicher alles ganz einfach, mit einer alleinerziehenden Frau zusammenzuziehen und so? Prinzen sind Träumer. Lass dir das gesagt sein. Und ein Träumer passt einfach nicht in unser Leben. Dafür ist es viel zu realistisch.«

Luisa verschlug es die Sprache.

»Aber es lief doch gut mit uns. Oder nicht?«

»Lief gut? Was lief gut?«

»Nichts. Luisa, mach dir keine Gedanken.«

»Bist du und Daniel etwa – ?«

»Vergiss es. Wirklich, mach dir keine Gedanken. Ist vorbei. Das geht nicht gut. Und Daniel, hör auf, sieh doch, sie will das nicht. Ich muss mein Kind beschützen und versorgen. Wie kannst du Luisa nach solch einem Tag noch zusätzlich so verwirren?«

Auf einmal wurde Luisa alles klar. Luisas Mama hatte längst einen Mann. Ausgerechnet diesen Daniel. Der war doch gar kein Prinz. Er war nur ein blöder Wachmann, der immerzu rumlief und sagte, man dürfe dies und das nicht, weil der Geschäftsführer sonst schimpft.

Nein, nein, nein!

Das war ganz und gar falsch!

»Aber ich wollte einen Prinzen! Einen echten, reichen, gescheiten Prinzen für dich!« Das Zittern wurde so stark, dass ihr wieder diese dummen Tränen kamen.

Daniel, der sich an den Kopf griff und sich weg-drehte, war ihr egal. Luisa dachte wieder daran, wie sie sich aus dem Kindergarten davongestoh-len hatte, wofür sie sicher noch ganz viel Ärger bekommen würde. Dass sie mit Frau Schmatt-ke und Herrn Jordan alles so genau besprochen hatte, warum es unbedingt ein Prinz und nicht Daniel sein musste. Frau Bolduan hatte eine Liste gemacht. Und dann diese blöde Sache mit der Zeitschrift, die sie zerrissen hatte.

Und dann war alles umsonst gewesen?

Vielleicht würde der Geschäftsführer wegen der Sache mit der Zeitschrift sogar noch die Polizei rufen. Es war so schrecklich. Und das für diesen Daniel?

Nein, das konnte nicht sein.

»Du bist gemein, Mama! Ich hab mir so viel Mühe gemacht!«

»Das verstehst du nicht, Kind!«

»Gemein. Richtig gemein!«

»Nicht weinen, Liebes. Der Böttcher kann dir nun nichts mehr tun!«

»Aber ich habe doch die Zeitschrift zerrissen. Und er war so wütend. Und ich wollte doch nur einen Prinzen.«

»Luisa, alles gut, ich bin ja da. Komm jetzt. Nicht deine Schuld. Lass uns gehen.«

»Wieso Schuld? Woran denn schuld? Eine zerrissene Zeitschrift ist doch nicht schlimm«, hörte Luisa Daniel sagen und jemand nahm ihr das Papier aus der Hand, das sie immer noch umklammert hielt. Luisa sah vor lauter Tränen nicht, wer ihr das abnahm. Aber von Daniel wollte sie sich ganz sicher nicht helfen lassen. Er hatte ihr Geschenk verdorben.

»Ach, Daniel. Meine Güte. So meine ich das doch nicht. Ich meine – warum erkläre ich das überhaupt noch? Ich habe gerade gekündigt.« Luisas Mutter klemmte sich ihre Tasche unter den Arm und wollte Luisas Hand nehmen.

»Du hast – was?« Daniels Stimme wurde laut. Luisa zuckte zusammen. Schnell rieb sie sich die Tränen aus den Augen und konnte noch sehen, wie Daniel sich zu seiner ganzen Größe aufrichtete und zum Geschäftsführer umdrehte.

»Sie haben Frau Hauptmann rausgeworfen? Sind Sie irre geworden, oder was?« Daniel ging mit energischen Schritten auf den Schreibtisch des Geschäftsführers zu. Er stemmte seine Fäuste in die Seite und stand da wie dieser Supermann auf dem T-Shirt von Lionel.

Daniel war aber gar kein Superheld.

Er war nicht mal ein Prinz.

Und er war traurig. Und wütend.

Herr Böttcher sprang von seinem Sessel auf, wich einen Schritt rückwärts aus und stieß sich prompt den Kopf an dem Überwachungsfenster.

»Sie hat gekündigt. Sie hat selber gekündigt. Sie wollte das selber!«

»Komm lass, Daniel.« Luisas Mutter legte ihre Hand auf seinen Arm. Es war die erste Berührung zwischen ihr und diesem Mann, der kein Prinz war. Und Luisa spürte eine kleinen Stich ins Herz, denn es war genau dieselbe Geste, die ihre Mutter für sie reserviert hatte.

Wenn Luisa aufgebracht war. Diese zarte Mutterhand, die durch Auflegen diese Wärme verbreitete, diese leichte Welle im Bauch erzeugte, die alle Unruhe zum Schweigen brachte. Das war eine geheime Sache, ein geheimes Zeichen zwischen Mama und Tochter!

Und ihre Mutter tat es aber auch mit diesem Daniel?

Nein!

Doch.

Wütend beobachtete Luisa, dass die Geste genauso wirkte wie bei ihr. Daniel atmete durch, nahm die Fäuste aus den Hüften und drehte sich um. Sein Blick, sobald er Luisas Mutter traf, war sanft, fast aufmunternd und zugleich tröstend. Dann hielt er ihr die Hand hin.

Nein!

»Ich will ihn nicht! Ich will Daniel nicht! Er

ist kein Prinz! Ich will dich auch nicht mehr, Mama, du hast das ganze Weihnachten kaputt gemacht. Du bist gemein. Willst meine Geschenke nicht. Ich will euch nie mehr sehen!«, brach es aus Luisa heraus. Und als es draußen war, in diesem schrecklichen Raum, schien es sich mit all den Gemeinheiten zusammenzutun, die hier an den kahlen Wänden herumlungerten. Das Gemeine in diesem Büro schien diesen dummen Satz in etwas noch Größeres, etwas noch Dümmeres zu verwandeln.

Luisa schlug sich entsetzt die Hand auf den Mund.

Zu spät.

Ihre bösen Worte trafen genau ins Schwarze.

Daniels Schultern sackten ein bisschen herab. Luisas Mutter ging einen kleinen Schritt zurück. Die Hände des Paares sanken herab, ergriffen einander nicht. Anstatt wütend zu werden, atmete Daniel nur leise aus.

»Sie sind mir ja ein schöner Prinz! Tja. Da sieht man es. Die Kleine will Sie nicht. Da können Sie auch gleich gehen. Sie sind ja wohl – tsss. Das hat man ja noch nicht erlebt! Freches Gör.«

»Halten Sie sich da raus!«, raunzte Daniel ihn an.

»War mir schon lange ein Dorn im Auge, Sie beide! Raus jetzt, bevor ich mich vergesse und Sie auch rauswerfe! Ja, rauswerfen sollte man Sie. Alle Frauen machen Ihnen schöne Augen! Rauswerfen sollte man Sie!«

Daniels Blick ging zum Überwachungsfenster hinaus, er ließ den Kopf hängen.

»Sie sind ein ganz erbärmlicher Wachmann, Sie lassen sich von einem kleinen Mädchen auf der Nase rumtanzen. Wozu hat man Sie hier bloß angestellt!«

Daniel nickte. Und es war das traurigste Nicken, das Luisa je gesehen hatte. Sie hätte sich gewünscht, dass er noch mal so richtig böse geworden wäre mit dem Geschäftsführer. Stattdessen klippte er seinen Ausweis, den er an der Brusttasche trug, ab und warf ihn auf den Tisch.

»Daniel, nein, du brauchst doch das Geld.« Luisas Mutter schüttelte den Kopf. »Immer machst du solche Sachen. Du bist doch – «

»Wo er recht hat, hat er recht. Ich tauge nicht zum Wachmann. Wenn du mich fragst, tauge ich offenbar zu gar nichts.« Er ging aus dem Raum. Sein Gang war schwer und wirkte unendlich müde, als trüge er säckeweise Steine auf den Schultern.

»Warum geht er? Und warum lässt er sich das gefallen?«, fragte der Geschäftsführer verwundert.

»So ist es immer mit ihm. Er ist ein Träumer. Große Gesten statt eines klaren Gedankens. Die Welt ist nun mal kein Ponyhof. Komm Luisa, gehen wir.«

»Ich will nicht.« Luisa wusste nicht, was sie von alledem, was gerade passiert war, am wenigsten wollte, fest stand nur, sie wollte nichts von alledem.

Sie wollte nicht, dass Mama keinen Prinzen wollte, sie wollte nicht, dass es keinen Herrn Wunder geben sollte, sie wollte nicht, dass Daniel mit Mama zusammen war, aber sie wollte auch nicht, dass er so traurig aussah, als Mama ihn weggehen ließ.

»Ihr habt Weihnachten kaputt gemacht! Richtig kaputt. Alles ist falsch und fühlt sich schrecklich an!« Luisa sah dem traurigen Daniel hinterher. Warum war sie denn nicht froh, dass er weg war?

»Bringen Sie endlich das Kind aus meinem Büro. Ich kann dieses Heulen nicht mehr ertragen. Und hoffentlich stimmt die Kasse. Und nun gehen Sie.«

»Mama, bist du wirklich mit dem Daniel – ein Paar?«

»Ja. Nein. Das ist vorbei.«

»Ich wollte dir doch einen Prinzen kaufen.«

»Prinzen? Kind, das ist Unsinn.«

»Du willst gar nicht, dass ich dir was schenke, stimmt's? Du bist böse auf mich und magst mich nicht mehr! Stimmt es? Stimmt es? Natürlich, ich sehe es doch!«

* * *

Luisa lief so schnell sie konnte aus dem schrecklichen Büro heraus. Ihre Beine kribbelten gefährlich. Sie lief die breite Treppe hinunter durch das kahle Treppenhaus, erreichte das Erdgeschoss, stieß mit aller Macht die schwere Eisentür auf.

In der Halle war alles anders.

Das Kaufhaus war schon etwas dunkler als sonst, und es war ganz still. Keine Musik dudelte über den Köpfen. Nur über den Kassen der einzelnen Abteilungen brannte je ein kaltes, kleines Licht.

Es war Geschäftsschluss.

Luisa wusste, dass nun alle Verkäufer das Geld in ihren Kassen nachzählten, anschließend die großen, grauen Eisenbehälter abschlossen und auf ihre Tresen stellten. Sie warteten nun (wie jeden Tag), dass Daniel sie mit einem kleinen, altersschwachen Wägelchen einsammeln kam, um sie

sorgfältig wegzuschließen oder einem Geldtrans-
porter zu übergeben.

Luisa hörte von irgendwoher das Summen des
kleinen, niedlichen *Waschautos*, so nannte sie
das merkwürdige Gefährt, auf dem einer von
der Putzfirma saß und die Fliesen abfuhr und
eine Spur sauber duftender Feuchtigkeit hinter-
ließ.

Luisa war stehengeblieben. Sie hatte gehofft,
dass ihre Mutter ihr nachlief. Aber sie kam
nicht.

Da erblickte Luisa weit hinten in der Halle Daniel. Er schloss gerade die kleine Seitentür auf.
Dahinter war ein wichtiger Raum, den Luisa
noch nie betreten hatte, wo er das Wägelchen her-
ausholen würde. Ein letztes Mal wahrscheinlich.
Seine Bewegungen waren langsam. Luisa lief auf
ihn zu, blieb dann aber stehen. Warum wollte sie
denn plötzlich zu ihm? Sie mochte ihn nicht, er
hatte ihr Geschenk verdorben. Eigentlich war sie
sogar richtig, richtig böse auf ihn. Er hatte alles
verdorben. Und es war schrecklich, daran zu denken, wie verdorben alles war.

Aber Daniel hatte sie wohl kommen hören, er
drehte den Kopf und sah Luisa an, wie sie sich die
letzten Tränen aus dem Gesicht rieb.

»Ich wollte meiner Mama was schenken, aber du hast alles kaputt gemacht! Ich mag dich nicht!«, rief sie mittelmäßig wütend zu ihm rüber. Und wieder waren die Worte viel zu schnell aus dem Mund. Als diese Worte Daniel erreichten, schienen sie ihn tief zu treffen. So wie ein Tennisball. Oder ein Stein. Oder irgendwas, was man nie hätte werfen dürfen.

Viel zu tief. Er nickte und die hellen Augen wurden dunkel, das konnte Luisa sogar auf diese Entfernung sehen.

»Ja, ich weiß.« Er machte eine vage Bewegung mit den Schultern. So wie Lionel, wenn er nicht mehr weiterwusste. »Ich weiß, Luisa. Du willst deiner Mama einen Prinzen schenken. Keinen Träumer. Keinen, der sich nicht um Altersvorsorge kümmert. Keinen, dem nicht klar ist, warum es so schwer sein soll, sich um das Kind der Frau zu kümmern, die er liebt. Und es tut mir leid«, sagte er langsam und immer leiser werdend. Dann drehte er sich weg.

Das waren nun ganz und gar nicht die Worte, die Luisa erwartet hatte. Es waren ganz schlimme Worte. ›Es tut mir leid‹ war das Schlimmste, was er hätte zu ihr sagen können.

Sie war völlig verblüfft.

Sie sah ihn an, wie er dastand, sich an der Stirn rieb und zornig fluchte: »Verdammter Mist. Was will ich eigentlich noch hier in diesem Saftladen. Verdammt.« Luisa hatte noch nie einen Menschen so traurig fluchen sehen.

Saftladen? Und wie konnte er nur zu Luisa sagen, ›es tut mir leid‹?, wenn sie ihm sagte, dass sie ihn nicht mochte?

Luisas Kopf schwirrte und das Einzige, was dagegen helfen konnte, war, jemanden zu fragen, der alles wusste. Aber eins wollte sie noch tun. Ja, musste sie tun, sonst platzte ihr Herz, sie brüllte: »Ich will euch beide nie mehr sehen!« Dann rannte sie weg, den Gang entlang, ein kleines Stück durch die Halle.

Wer konnte ihr jetzt helfen? Jemand, der auf ihrer Seite stand, der genau verstand, dass Luisa alles ganz anders meinte, als es immerzu aus ihrem Mund kam.

Sie tappte durch den Gang hinüber zu den Treppen. Sie hatte erwartet, dass Daniel ihr nachlief. Immer lief jemand ihr nach, wenn sie wegrannte.

An diesem Tag aber nicht.

Es schien ihr eine Ewigkeit gedauert zu haben, bis sie an den Treppen ankam, die in diesem befremdlichen Halbdunkel lagen. Die Rolltreppe war erstarrt. Und auch das Bild von Herrn Wunder leuchtete nicht mehr. Luisa zögerte, trat dann aber mutiger geworden nah an die große Leuchtreklame heran.

Sie war merkwürdig alleine.

Mama war weg.

Oma auch.

Und Daniel? Er war nie wirklich da gewesen, aber es fühlte sich an, als habe sie ihn gerade verloren.

Das war nicht das, was sie wollte, spürte sie mehr als dass sie es begriff.

»Jetzt ist er traurig. Eigentlich hätte er mich ausschimpfen sollen. So wie Frau Kleinschmöller, als ich die Kratzer gemacht habe. Oh. Ich hab alles falsch gemacht!«, wisperte Luisa und versuchte verzweifelt, den großen Lichtkasten zu umarmen. Sie wusste nicht, ob Herr Wunder vielleicht schlief. Das Glas war noch warm von den Lampen, und es roch genauso wie das Wischwasser der Putzkolonne. Nämlich nach Zitrone.

»Ich wollte doch nur einen Prinzen für Mama. Ich wollte den Daniel gar nicht traurig machen.«

Herr Wunder antwortete leider nicht, er ließ

sich nur geduldig umarmen und schien zu dem ganzen Chaos, das Luisa angerichtet hatte, keinerlei Stellung nehmen zu wollen.

Frau Schmattke hatte mittlerweile ihre Kasse nachgezählt und die schwere Kassette mit dem Geld auf den Tresen gewuchtet, damit sie eingesammelt werden konnte. Sie musste Luisa an der Leuchtreklame stehen gesehen haben.

»Armes Kind, was machst du denn hier? Ist deine Mutter noch nicht fertig?« Es war ihre sanfte, vertraute Stimme, die Luisa plötzlich alle Dämme brechen ließ. Mit aller Heftigkeit purzelten die Worte aus ihr heraus: »Sie müssen mir helfen. Ganz schnell. Meine Mutter arbeitet nicht mehr hier. Sie ist jetzt arbeitslos. Wegen der Zeitung. Und das ist meine Schuld. Und Daniel ist weg. Wegen dem Prinzen und dem Träumer. Das wollte ich nicht.«

»Aber was redest du denn da?« Frau Schmattkes Stimme kam näher. Luisa spürte schließlich die zarte Hand an ihren Schultern.

»Stimmt aber. Ich habe eine Zeitschrift zerrissen und dann musste Mama zum Geschäftsführer wegen mir.«

»Und der hat sie dann doch nicht etwa rausgeworfen?«

Luisa nickte nur, da ihr wieder die Tränen über die Wangen liefen. Sie drehte sich jetzt zu der älteren Dame um und ließ sich umarmen. Eilig zog Frau Schmattke ein Taschentuch hervor. Das tat so gut. Frau Schmattkes Geruch nach den vielen, wunderbaren Parfüms, die sie den ganzen Tag lang auf kleine Zettel gesprüht hatte, umgab Luisa wie ein schützender Umhang.

»Putz dir erst mal die Nase und dann erzähl noch einmal.«

Luisa trötete in das frische Taschentuch. Das war deutlich besser, sie bekam wieder Luft und bemühte sich ruhig zu bleiben, aber es war schwierig. Die Tränen ließen sich nicht aufhalten.

»Ich wollte meiner Mama doch einen Prinzen kaufen. Aber die will ihn nicht. Sie will mein Geschenk gar nicht, sie hat mich nicht mehr lieb. Und der Daniel, der Daniel, der da, du weißt schon, der ist jetzt traurig und es tut ihm leid.« In ihrer Aufregung begann sie Frau Schmattke zu duzen.

»Na, das hört sich gar nicht nach meiner Luisa an, die sonst immer so klug ist. Was ist das für ein hanebüchener Unsinn. Deine Mutter hat auf der ganzen Welt nichts lieber als dich.«

»Gar nicht wahr. Sie ist böse, weil ich Unsinn gemacht habe, und sie will nichts von mir haben. Und ich wollte ihr das schönste Geschenk der Welt machen!«

»Na, Luisa, nun beruhige dich doch.« Sie legte die Arme um sie und wartete geduldig, bis Luisas Zittern vorüber war. »Luisa, du bist ihr schönstes Geschenk. Glaub mir. Ich weiß das. So. Nun noch einmal.«

Luisa holte schwer Luft und versuchte es: »Ich wollte Mama einen ganz tollen Prinzen kaufen, das wissen Sie doch! Aber sie hat ja schon einen Mann.«

»Du meinst Daniel.«

»Genau. Aber der träumt, und da hat sie ihn weggeworfen, und ich bin schuld, weil ich ihn ja nicht wollte, sondern einen Prinzen, und Mama will keinen Prinzen, sie will einen Alter-Versorger. Sagt er. Und dann wollte er keinen Saftladen mehr.«

»Aach!«, machte Frau Schmattke langsam und sie schien überhaupt nicht erstaunt über diese

Neuigkeit. Statt sich zu wundern, fragte sie: »Magst du denn Daniel nicht?«

Luisa erinnerte sich daran, wie ihre Mutter ihre zarte, warme Hand auf Daniels Arm gelegt hatte. Der Gedanke tat immer noch etwas weh. Nicht mehr so doll wie eben noch, aber etwas. Luisa hatte Angst, dass ihre Mutter ihn vielleicht ab jetzt so lieb hatte wie sie doch eigentlich Luisa lieb haben sollte! Es überkam sie ein solch fürchterliches Gefühl, fast so wie damals, als sie ihre Barbie im Park verlor, dass sie wütend ausrief: »Nein, ich mag ihn nicht. Ich mag ihn ganz und gar nicht. Er ist kein Prinz! Ich will ihn nicht. Ich mag es nicht, dass er so traurig ist.«

»Wirklich?«

»Nein. Oder doch. Nein, er ist kein Prinz. Er hat mir alles verdorben. Und jetzt will ich meine Mutter auch nicht mehr.«

»Na. Ist ja gut. Nicht so heftig weinen. Dann ist das wohl so. Oder?« Frau Schmattke schienen Luisas Worte nichts auszumachen.

»Ich hab ihm das auch gesagt.« Luisa musste das jetzt einfach aussprechen.

»Was hast du gesagt!«

»Dass ich ihn nicht mag.«

»Und was hat der arme Junge gesagt?«

»Es war ganz merkwürdig, was er da gesagt hat. Er sagte: ›Tut mir leid.‹ Er hat einfach gesagt: ›Tut mir leid‹! Das darf er aber nicht sagen! Da muss er doch mit mir schimpfen. Oder was Kluges antworten oder erklären oder so. Und er sagt einfach: ›Tut mir leid‹ und – «, Luisa brach wieder in Tränen aus, aber diesmal war es richtig schlimm, »– und er hat so traurig ausgesehen. Er ist jetzt so traurig. Das wollte ich doch nicht.« Sie schluchzte, sie bekam wieder diese lästigen Luftholkrämpfe und konnte nur mit Mühe herauspressen: »Und Mama will ihn gar nicht mehr.«

Frau Schmattke schien immer noch nicht sonderlich erstaunt zu sein. Sie legte ihre Hand auf Luisas Kopf und strich ihr in einer langen, sanften Bewegung bis zu den Haarspitzen.

»Natürlich ist er traurig, Kindchen. Natürlich ist er das.«

»Aber warum? Kann ihm doch egal sein!«

»Es ist ihm aber nicht egal. Und was war der echte Grund, dass deine Mama ihn nicht mehr will?«

»Sie hat so was gesagt, dass das zu kompliziert ist und dass es nicht einfach ist mit einer alleinigen Frau.«

»Alleinigen? Ach, du meinst alleinerziehenden. Klarer Fall. Sie hat kalte Füße bekommen.«

»Wieso? Sie hat Winterstiefel an.«

»Ach, Gott, wie süß du bist!« Frau Schmattke lachte fröhlich und strich Luisa liebevoll über den Rücken. »Recht hast du. Was rede ich auch so für einen Blödsinn.«

»Was mach ich nur, Frau Schmattke?«

»Du kannst nicht viel machen. Das ist was zwischen Erwachsenen.«

»Aber warum will sie ihn denn nicht?«

»Wieso willst du ihn denn nicht?«

»Ich wollte einen Prinzen.«

»Aber, aber, Luisa. Putz dir noch mal die Nase und komm mal hierher. Ich muss mich mal hinsetzen. Ich bin ja auch nicht mehr die Jüngste.« Sie zog Luisa sanft in das kleine Reich von Frau Wildbolz, die für die Schuhe verantwortlich war. Dort setzten sie sich auf einen der Probierstühle, neben den Probiersöckchen und dem langen Schuhanzieher. Frau Wildbolz war auch gerade mit ihrer Kassenkassette fertig und verließ ihren Tresen. Sie kam langsam näher. Sie schien nicht stören zu wollen, zog aber in einer sanften, ruhigen Bewegung ein Taschentuch aus ihrer Tasche.

Luisa trötete in das neue Tuch.

»Geht es wieder, Kindchen?«, fragte Frau Wildbolz und ihre dunklen, gerade geschnittenen Haare lagen glatt um ihren Kopf. Luisa nickte.

»Ja, ein bisschen.«

Frau Schmattke und Frau Wildbolz hielten selt-
sam einstimmig ihre Köpfe nebeneinander und
schauten Luisa ganz genau, ganz nah und ganz
lieb an.

»Luisas Mutter ist gekündigt. Stell dir das vor«,
zischelte Frau Schmattke zwischen den Zähnen
hervor.

»Die Susanne? Nicht wahr, oder?«, kam es genauso gezischelt zurück.

»Und Luisa weiß jetzt das mit Daniel.«

»Oh. Schwierig.«

Frau Schmattke strich Luisa über die Wangen
und sagte dann in ganz normalem Tonfall: »So.
Du magst Daniel nicht, Luisa?«

»Nein. Also weiß nicht. Vielleicht. Doch.«

»Aha.« Frau Schmattke hob den Finger. »Da
kommen wir der Sache doch schon näher, was.
Komm her, Süße. Noch mal schnauben. Nicht
mehr so schluchzen, ist doch alles halb so
schlimm.«

»Aber ich wollte meiner Mama einen Prinzen

schenken, und da hat sie –« Es war schlimm. Sie konnte nicht weitersprechen, aber Frau Schmattke wusste bereits Bescheid.

Frau Wildbolz und ihre Haare nickten: »– und da hatte sie schon einen. Ja, das kenne ich. Ich bin auch immer ganz traurig, wenn ich mir ein ganz tolles Geschenk ausdenke und derjenige, dem ich das schenken will, hat schon eins.«

»Ja, genau. Kenn ich auch. Passiert«, sagte Frau Schmattke und tupfte nun mit einem weiteren Taschentuch in Luisas Gesicht herum. Das tat gut und Luisa schloss kurz die Augen dabei.

»Ist es so, Luisa? Bist du nur enttäuscht wegen des Geschenks? Nicht wegen Daniel? Er ist so nett.«

Luisa hielt weiterhin die Augen zu. Sie hörte die Stimmen der beiden Damen wie Pingpongbälle, mal von rechts, mal von links.

»Das ist er!«, erklang die Stimme von Frau Wildbolz von links.

»Ja, ein Knackiger.«

»Ganz ein Lieber.«

»Attraktiv.«

»Aber hallo!«

»Ja. Siehste. Es ist doch sehr albern, Luisa, jetzt noch traurig zu sein, denn demjenigen, dem du was schenken willst, das der schon hat und gern hat, der weiß genau, wie viel Mühe du dir gemacht hast. Derjenige sieht dann auch: ›Oh, das ist genau so etwas, das ich liebe!‹ Verstehst du, Luisa. Deine Mutter weiß nun ganz genau, dass du sie richtig gut verstehst und dass du ihr genau das Richtige schenken willst.«

»Aber er ist kein Prinz. Und sie will ihn auch gar nicht mehr.« Luisa blinzelte.

»Wer?«

»Na, Daniel!« Luisa wurde ungeduldig.

»Na, kleine Fehler sind immer. Hast du deiner Mutter gesagt, dass du ihn nicht willst?«, fragte Frau Wildbolz.

»Ja.«

»Oh.« Das klang nicht gut.

»Oh, oh.«

»Ist das schlimm?«, wollte Luisa wissen und wusste schon die Antwort.

»Hm.«

»Deine Mutter würde nie mit einem Mann zusammen sein wollen, den du nicht magst.« Frau Schmattke machte ein bekümmertes Gesicht.

»Ja, das hat sie auch zu Daniel gesagt.«

»Hat sie das?«

»Ja. Er träumt oder so. Was ist denn daran so

schlimm? Ich träume auch andauernd.« Luisa holte wieder tief Luft.

Die beiden Damen zogen die Augenbrauen hoch. Dann zischelten sie sich zu: »Susanne ist wohl ein bisserl streng mit ihm, oder?«

»Daniel ist noch ein großer Junge.« Frau Wildbolz zuckte mit den Schultern.

»Aber sie liebt ihn.«

»So wie sie ihn immer anguckt, würde ich sagen ja.«

»Was macht das dann, wenn er ein bisserl unreif ist?«

»Die meisten Männer sind unreif.« Frau Wildbolz zuckte erneut mit den Schultern

»Da sagste was.«

Die Damen schienen sich plötzlich zu erinnern, dass Luisa vor ihnen saß und gebannt zuhörte.

»Sie hat sich getrennt, sagst du, Schätzchen? Warum?«

»Sie hat gesagt kompliziert.« Luisa nickte und war stolz, dass die Frauen so erwachsen mit ihr sprachen.

»Sie hat kalte Füße bekommen!«, nickte Frau Wildbolz und grübelte vor sich hin.

»Können Sie ihr nicht schöne Schuhe geben

gegen kalte Füße? Ich glaube, ich will nicht, dass Daniel so traurig ist. Und ich glaube, Mama mag den wirklich, sie redet ja dauernd zu Hause von ihm, und will nur wegen mir, dass er weggeht. Das ist doch doof!«

»Wie entzückend.« Frau Schmattke kicherte und Frau Wildbolz strich Luisa mit dem Zeigefinger zart über Luisas Wangen.

»Was heißt das jetzt? Kann man da noch was tun? Bitte! Ich will nicht, dass er so traurig ist.« Luisas Herz pochte wie ein Alarmwecker.

»Oh, ich fürchte, deine Mutter muss das entscheiden. Und sie hat entschieden.«

»Oh.« Luisa schloss wieder die Augen.

»Ja. Oh.«

»Hm. Aber dafür kannst du noch am wenigsten. Deine Mama will einfach das Beste für dich. Und da kann man schon mal etwas übers Ziel hinausschießen.«

»Ich hab alles falsch gemacht.« Luisa öffnete die Augen erneut und sah Frau Schmattke und Frau Wildbolz erwartungsvoll an. Sie wusste (das war wie bei ihrer Oma), wenn man kluge Frauen nur lange genug anguckte, würde sie einem die Lösung verraten.

»Nein. Du nicht.«

»Nee, Schätzchen. Das sind typische Erwachse-
nenprobleme.«

»Hätte ich doch nur nie gesagt, dass ich ihn
nicht will.« Luisa rieb sich das Gesicht. »Jetzt
kommt er morgen nicht zu uns. Wahrscheinlich
sieht er meine Mama nie wieder in seinem Leben.«

»Deswegen ist Daniel wohl auch traurig. Schau,
da oben.« Frau Schmattke zeigte in die erste
Etage.

»Ja, er ist ganz schön traurig. Armer Kerl«, bestätigte Frau Wildbolz.

Sie sahen hoch. Im ersten Geschoss, ganz nah
am Geländer, konnte man beobachten, wie Daniel die Kassette vom Restaurant, also von Enrice, dem Koch, entgegennahm und auf das Wägelchen stellte. Seine ganzen Bewegungen waren
langsam, sein Gesicht wirkte ernst und verschlossen.

»Wie schrecklich. Der ist bestimmt nett. Und
ich war so gemein. Und ich bin schuld. Und
das Schlimmste ist, er hat jetzt auch keinen Job
mehr.«

»Waaaas?« Frau Schmattke zuckte regelrecht
zusammen, während ihre Kollegin sich die Hand
von den Mund schlug.

»Ja. Er hat den Geschäftsführer sehr angeschrien, weil der mich doch so angeschimpft hat
wegen der Zeitung.«

»Herrn Böttcher? Hat er das? Das nenne ich
mutig. Ehrlich gesagt würde ich den Böttcher
auch gerne mal aus Leibeskraft anschreien.« Frau
Schmattke ballte die Fäuste bei dem Gedanken.

Frau Wildbolz nickte schwungvoll.

»Ja. Er hat ihn angeschrien und dann hat der
Böttcher gesagt, er wäre kein guter Wachmann.
Und dann ist Daniel gegangen. Und meine Mutter
hat auch geschimpft.« Luisa überlegte. Es war
ganz schön schrecklich gewesen da im Büro, aber
jetzt, wo sie drüber nachdachte, stellte sie fest,
wie mutig es war von ihrer Mutter und Daniel.
Die beiden hatten keine Angst gehabt vor dem
Herrn Böttcher. Und keiner der beiden hatte auch
nur einen Moment mit ihr geschimpft.

»Und jetzt haben sie keine Arbeit mehr.«

»Da wäre ich gerne dabei gewesen. Den Böttcher anschreien.« Frau Wildbolz war ganz ver-
sunken.

»Aber haben Sie nicht gehört? Die beiden haben jetzt keine Arbeit mehr. Weil ich die Zeitschrift zerrissen habe!«

»Ungeheuerlich. Der arme Daniel. Keinen Job.

Und deine Mutter hat auch keinen mehr? Oh, Gott, da kommt auch alles zusammen. Armes Paar.«

»Und sie passen so gut zusammen.« Frau Wildbolz sagte das ganz verträumt.

»Und sie ist immer so umsichtig.«

»Und er ein großer Junge.«

»Aber sehr nett.«

»Sie passen gut zusammen.«

Frau Schmattke wirkte plötzlich ziemlich ratlos, und Luisa hielt die Luft an, so schrecklich war das für sie alles.

Herr Jordan kam dazu. »Was ist geschehen?«

»Der Böttcher hat Luisas Mutter und Daniel gefeuert. Einfach so. Weil Luisa eine Zeitschrift kaputt gemacht haben soll. Ist das zu fassen?«

»Ungeheuerlich! Der Mann ist doch völlig überfordert mit dem Kaufhaus, wenn man mich fragt.«

Frau Wildbolz sprang auf und ging mit energischen Schritten in die Mitte der Verkaufsfläche »Kommt mal alle her!«, rief sie in die Runde. Nach und nach strömte das Personal zusammen, es wurde aufgeregt getuschelt. Einige eilten zum Treppenhaus, um den Kollegen aus den oberen Etagen Bescheid zu geben.

Herr Jordan bemühte sich um eine Zusammenfassung der Geschehnisse. Je mehr die Umstehenden erfuhren, desto aufgeregter wurden sie. Bald übertönte das Murren und Schimpfen sogar die laute Stimme von Herrn Jordan.

Luisa schlich sich schweren Herzens davon. Sie wusste nicht, was sie mit sich anfangen sollte. Das war alles ein bisschen viel, ihr Kopf schwirrte. Ohne es gewollt zu haben, stand sie schließlich wieder vor dem Bild von Herrn Wunder. Mit hängenden Schultern hockte sie sich auf die kleine Stufe vor dem Leuchtkasten und lehnte sich dagegen.

»Das ist alles so schrecklich durcheinander. Das ist alles so doof. Ich weiß gar nicht, wie ich das sagen soll. Erst will Mama Daniel und dann doch nicht Daniel.«

Luisa rieb sich mit den Fäusten die Augen. Sie hoffte, dann klarer sehen zu können.

»Ich wollte doch nur helfen«, sagte sie leise. Ein bisschen zu sich und ein bisschen zu Herrn Wunder, von dem sie annahm, er schaute ihr besorgt über die Schulter.

»Und Frau Schmattke sagt, Mama habe das so

entschieden und nur sie könne das auch wieder rückgängig machen.«

Luisa hoffte ein bisschen darauf, dass Herr Wunder sich endlich einschalten und ihr einen Rat geben würde. Aber er schwieg.

»Aber ich war doch so gemein zu ihm. Das muss ich dann doch rückgängig machen. Vielleicht will Mama ihn dann auch wieder.«

Luisa hob den Kopf und sah durch die Halle.

»Aber will ich das überhaupt?«

Sie neigte den Kopf und die Halle kippte sanft.

»Mag ich ihn oder mag ich ihn nicht?«

Sie neigte den Kopf zur anderen Seite.

»Eins weiß ich: Alle mögen ihn.«

Mit gerunzelter Stirn legte sie den Kopf in den Nacken und sah unter die hohe verspiegelte Decke, die ihr Bild vielfach zurückwarf.

»Er guckt zwar immer streng und ermahnt mich, aber er petzt nie, wenn ich hier herumlaufe. Und die Liste kannte er auch. Fast. Nur dass er rote Blumen schenkt und nicht blaue. Er müsste also nicht drei Jahre warten, sondern könnte sofort mit ihr reden. Ich könnte ja Herrn Kleinhans bitten, Daniel so einen komischen Anzug zu geben, dann sieht er auch fast aus wie ein Prinz in den Zeitschriften. Das wird schon gehen. Außerdem könnte Erwin ihm das mit dem Nach-Hause-Bringen erklären. Vielleicht ist es ganz praktisch, dass Mama gar nicht mehr hier arbeitet, dann muss er sie auch nicht nach Hause bringen und kann noch üben.« Luisa überlegte noch eine Weile. Sie erinnerte sich an die Stimme von Frau Schmattke und wie die sich veränderte, wenn sie mit Daniel sprach. Und Frau Bolduan, die ihn so intensiv ansah. Und wie Mama zu Hause in der Küche so oft von ihm gesprochen hatte. Eigentlich sprach sie andauernd von ihm. Es mochten ihn wirklich alle. Und sie hatte ihn auch gemocht, ein kleines bisschen, als er den Geschäftsführer wegen der Zeitschrift angeschrien hatte und so aussah wie der Helden-Mann auf dem T-Shirt von Lionel.

Luisa schreckte aus ihren Gedanken hoch, als sie wahrnahm, was für ein Tumult in der Schuhabteilung entstanden war. Das gesamte Personal stand eng zusammen und sie sprachen wirr, laut und waren richtig wütend. Sogar noch viel wütender als Mama vorhin.

In diesem Moment trat Luisas Mutter zu der Menge. Sie wurde sofort von ihren Kollegen umringt, und man klopfte ihr auf die Schultern.

»Das kann doch nicht wahr sein!«, hörte Luisa.

»Was für ein Schuft!«

»Unmöglich!«

»Oh, nein, du hast doch nicht etwa mit ihm Schluss gemacht?« Das war Frau Bolduan.

»Der Böttcher ist überfordert, sag ich euch!« Luisa hatte Herrn Jordan noch nie so böse gesehen.

»Das können wir uns nicht gefallen lassen!«, rief einer.

Dann sah Luisa, wie Frau Schmattke ihre Mutter am Arm nahm und zu ihr hinüber zeigte. Ein Strahlen ging über ihr Gesicht und sie eilte auf Luisa zu.

»Meine Kleine. Was machst du denn hier? Bitte sei nicht mehr traurig.«

»Mama, es tut mir alles schrecklich leid. Das ist alles meine Schuld.«

»Schscht. Das will ich gar nicht hören. Du bist an nichts schuld.«

»Aber der Daniel ist doch wirklich ganz nett.«

»Ach das«, sie seufzte. »Weißt du, Luisa, manchmal ist alles einfach zu kompliziert, um zu funktionieren?«

Wenn ihre Mutter sie Luisa nannte, dann wurde es sehr ernst. Und sie musste besonders gut zuhören, was sie dann sagte. Daher nickt Luisa jetzt nur schüchtern, keinesfalls wollte sie jetzt noch etwas falsch machen.

»Weißt du, wenn man so alt ist wie ich. Und wenn man dann noch eine Beziehung ... wie sag ich das jetzt? Also wenn eine Frau mit einem Mann zusammen ist, dann ... und, ach, ich weiß es doch auch nicht. Aber das klappt nicht. Er ist, keine Ahnung, er ist ein Träumer. Und manchmal so unvernünftig wie du. Er kauft Eis im Winter und Blumen!«

»Echt? So was tut er?« Luisa war begeistert.

»Und er kauft zu teure Sachen für mich, die er gar nicht bezahlen kann. Und schreibt Gedichte.«

»So was tut er? Für dich? Kann ich die sehen? Ja?«

»Ach, Luisa, er ist ein großer Junge. Und das kann unmöglich gutgehen. Er macht keine Pläne.«

»Was für Pläne?«

»Wie man leben soll.«

»Dafür braucht man Pläne?«

»Ich muss doch für dich sorgen.«

»Kann er da nicht helfen?«

»Nein, das verstehst du nicht. Ich finde, weißt du, er ist einfach ...«

»Was?«

»Ich weiß nicht.«

»Du willst ihn nicht, aber du weißt es nicht? Nein, Mama, das ist ungerecht. Wenn ich was nicht will, dann muss ich ja auch sagen, warum.«

»Oh, gut aufgepasst, meine Süße.« Luisas Mutter beugte sich über ihren Kopf und küsste sie. Luisa war erleichtert. Nun war Mama nicht mehr böse mit ihr.

»Du willst ihn doch auch nicht, Kleines. Hast du doch eben gesagt.«

»Aber vielleicht ja doch. Vielleicht ja doch! Es ist nur so, dass ich dir den Prinzen kaufen wollte. Und dann hattest du schon einen Mann und wolltest gar keinen Prinzen mehr. Aber weißt du was? Wenn das so ist, kaufe ich dir einfach ein Schloss!«

»Oh Süße!« Zu Luisas völliger Überraschung brach ihre Mutter in Tränen aus. Sie umarmten sich.

»Ach, Kleine. Ich kann das nicht erklären, aber es liegt an mir. Ich will einfach nicht, dass mich noch mal jemand verlässt. Ich will das nicht noch mal erleben.« In der Art, wie sie das sagte, lag ein tiefes, dunkles Loch plötzlich im Raum. Und dieses Loch hieß »Luisas Vater«. Luisa fühlte, wie ihr plötzlich sehr kalt wurde. Sie drückte sich noch tiefer in die Arme ihrer Mutter.

»Weißt du, und ich hab Angst, wenn ein Träumer wie Daniel sieht, wie chaotisch und ganz und gar unromantisch auch mal so ein Leben als Familie sein kann, dass er dann wieder von uns weggeht. Dann ist es besser, man sieht es realistisch und lässt es. Guck mal, ich muss mir jetzt einen Job suchen und dann haben wir die kleine Wohnung. Und Oma muss ja auch versorgt werden und, ach, es ist schade, ja, aber mach dir bitte keine Gedanken dazu. Es ist auch gut, wie es ist.«

Es klang aber gar nicht gut, fand Luisa. Ihre Mutter sah sehr traurig aus.

»Gleich am nächsten Arbeitstag gehe ich zum Arbeitsamt. Das wird schon«, sagte ihre Mutter plötzlich und probierte ein schiefes Lächeln, obwohl doch eben noch alles so kompliziert schien. Sie klopfte Luisa auf die Knie. »Ich hole noch schnell meine Sachen, wartest du hier?«

»Ja. Mach ich.« Luisa nickte und sah ihrer Mutter nach, wie sie die halbdunkle Halle durchquerte.

* * *

Mit einem tiefen Seufzer blickte Luisa zu dem Bild von Herrn Wunder hoch, der ihr immer noch aufmunternd lächelnd über die Schulter schaute.

»Meinst du, es ist jetzt wirklich gut? Also jetzt, wo sie den Daniel doch nicht mehr haben will? Ich weiß es nicht. Es ist schwer zu verstehen, was Erwachsene manchmal wollen.«

Herr Wunder lächelte.

»Irgendwie fände ich es ganz gut, wenn alles so bliebe wie es ist. Aber langsam hab ich das Gefühl, für Mama wäre das mit dem Daniel doch ganz schön. Und wieso die Wohnung klein ist, weiß ich nicht. Ich finde unsere Wohnung prima. Da passen alle meine Sachen gut rein.«

Herr Wunder lächelte.

»Und die Sache mit dem Beruf. Keine Ahnung. Mama kann ja was anderes werden. Sie kann Schornsteinfeger werden. Das ist ein schöner Beruf. Toll. So oben auf den Dächern. Oder Busfahrer. Dann hat sie einen Bus. Ich habe schöne Bücher über solche Berufe zu Hause. Die zeig ich ihr dann. Und dann ist alles wieder gut.«

Herr Wunder lächelte.

Luisa seufzte kurz und schüttelte den Kopf.

»Es ist alles gar nicht gut, oder? Es ist alles ganz schöner Mist, oder?« Luisa drückte das Taschentuch von Frau Schmattke fest in ihrer Hand zusammen.

»Mist. Mist. Mist«, murmelte sie.

In dem Moment wurde es wieder lauter in der Schuhabteilung. Luisa sah nur Köpfe, die dichtgedrängt zwischen den Schuhkartons hin- und herwackelten. Dann hörte sie die Stimme des Geschäftsführers. Und Buhrufe. Aber Luisa hatte wirklich keine Lust mehr, diese schwierigen Erwachsenen zu verstehen. Also blieb sie bei Herrn Wunder und schaute auf ihre Fußspitzen.

»Alles klar mit dir?«

Erst dachte sie, das hätte Herr Wunder zu ihr gesagt, aber als sie aufschaute, stand Daniel vor ihr.

»Die streiten sich da. Ich will aber nicht mehr streiten, deswegen warte ich hier auf meine Mama.«

»Aha.« Er wirkte ratlos.

»Was ist?«, fragte Luisa.

»Nichts, nichts. Ich wollte eigentlich nur Tschüss sagen. Ich fürchte, wir sehen uns, na ja, nicht mehr so bald wieder.«

»Musst du nicht auch zum Arbeiterdingsbums?«

»Ja, doch. Muss ich wohl.«

»Vielleicht sehen wir uns da.« Luisa fand, das wäre doch ein super Trost.

»Tja. Aber deine Mama sagt, sie wolle mich jetzt nicht mehr sehen.« Daniel schüttelte den Kopf und verschränkte die Arme vor der Brust. »Und mit dem Arbeitsamt, na, das klappt eh nicht. Ich such mir vielleicht was anderes.«

Ihre Oma mochte das nicht, wenn Luisa so herumstand. Also die Arme vor der Brust. Was sollte sie bloß über Daniel denken? Er war doch erwachsen. Also guckte sie ihn streng an und sagte: »Steh nicht so da, als wolltest du die Welt draußenhalten!«

Daniel zuckte zusammen und ließ die Arne hängen.

»Du, Daniel.«

»Hm?«

»Du kaufst Eis im Winter?«

Er zuckte die Schultern. »Warum nicht?«

»Cool.« Luisa lachte.

»Ich dachte, deine Mama mag so was.«

»Sie mag das bestimmt. Wer mag das nicht?«

Er schüttelte den Kopf. »Ich glaub, deine Mama hat das nicht so gemocht. Sie fand das unvernünftig.«

»Ich find es super, und … und außerdem tut es mir ganz doll leid, dass ich das eben gesagt hab. Ich mag dich doch, glaube ich. Zumindest finde ich dich nicht doof. Also Sie doof. Wenn ich meiner Mama das sage und erkläre, wie lecker Eis im Winter ist, vielleicht …«

Er schüttelte den Kopf, und wie er so auf sie herabschaute, sah er ganz schön traurig aus. Luisa merkte, dass sie das tief ins Herz traf.

»Lass mal, Luisa. Das ist wohl …«

»… zu kompliziert?« Luisa war trotz allem stolz, das schwierige Wort sagen zu können.

»Hat das deine Mutter gesagt?«

»Ja. Eben.«

»Das sagt sie öfters. Ich wünschte, ich wäre mehr so, wie sie sich einen Mann wünscht.«

Luisa wusste nicht, was sie dazu sagen sollte, schließlich hatte ihre Mutter zu Hause immer so von Daniel geschwärmt. Heimlich, wenn sie dachte, Luisa würde es nicht hören. Es tat ihr im Herzen weh, diesen großen Mann so dastehen zu sehen. Sie rückte auf der kleinen Stufe vor Herrn Wunders Bild ein bisschen zur Seite und klopfte auf den freien Platz. Daniel zog kurz die Augenbrauen hoch, setzte sich dann aber neben sie.

»Du bist echt traurig.«

»Ja.«

»Weinst du manchmal?«

»Macht das nicht jeder?« Er legte sein Kinn auf die Arme, die er auf seine angewinkelten Knie gestützt hatte.

»Hast du eine Mama, die dich heute trösten kann?«

»Nein. Leider nicht.«

»Tut mir leid, die Idee mit dem Prinzen.«

»Das war wahrscheinlich gar nicht so verkehrt.«

»Wieso?«

»Deine Mutter ist eine ganz besondere Frau. Und die hat wahrscheinlich was Besseres verdient als …«

»Als dich? Also als Sie? Oder Ihnen?« Luisa strich sich müde durchs Gesicht.

»Bleiben wir doch einfach beim Du, okay?«

»Hm, okay.« Sie schaute ihn an, er kratzte sich

wieder am Hinterkopf. »Aber warum? Ist das so was wie schwierige Ehe?«

Jetzt lachte er. Er strich sich seine Handflächen an seiner dunklen Hose ab und lächelte leise vor sich hin. Seine Augen waren einen Moment lang wieder hell, sein Lachen verursachte ein kleines Grübchen in der Wange.

»Ja. Wahrscheinlich ist es so was.« Er nickte. Luisa sah seine kurzen Haare an, die über der Stirn hochstanden wie bei Tim. Der von *Tim und Struppi*.

»Und was kann man dagegen tun? Gegen schwierige Ehe? Ich meine jetzt außer weglaufen?«

»Keine Ahnung. Weglaufen würde ich ganz gerne. Aber wohin. Probleme haben die schlechte Angewohnheit, mitzulaufen.« Er strich sich noch mal die Hände an der Hose ab. Das machte man nicht, aber Luisa sagte nichts.

»Versteh ich nicht.«

»Musst du auch nicht, Luisa. Du bist wirklich, wirklich nicht schuld daran, wollte ich nur sagen. Mach dir bitte deswegen keinen Kopf.« Er erhob sich. Luisa sah hoch zu ihm. Sie mochte ihn jetzt noch ein bisschen mehr. Er kaufte Eis im Winter und er lachte so schön. Vielleicht auch ein bisschen, weil er dieses Grübchen hatte. Sie hätte ihn gerne getröstet. Ja, umarmt. Das hätte sie ihn gerne. Ob er sich manchmal Geschichten ausdachte? Buden baute? Irgendwie dachte sie plötzlich, dass er das alles gut könnte. Oder war es, weil er sich immer am Kopf kratzte und so falsche Sachen machte, wie Hände-an-der-Hose-abwischen, Eis im Winter aß und sich so umsah, als wünschte er sich, noch einmal ihre Mutter zu sehen.

»Du magst Mama, oder?«

»Darauf kommt es jetzt nicht mehr an.«

»Bitte antworte auf meine Frage«, sagte Luisa plötzlich sehr ernst. Es war der Tonfall ihrer Großmutter. Und das musste jetzt einfach sein. Erstaunt hob er wieder die Augenbrauen und blickte zu ihr runter. Das Lächeln verschwand, er wurde ganz ernst.

»Ja. Ich liebe sie. Sie ist das kleine Puzzleteil, mit dem vielen Himmel drauf und unten an der Ecke mit den rosa Punkten, das ein Puzzle komplett macht.«

Luisa sah es vor sich. Und war sprachlos.

Er räusperte sich, wollte was sagen, aber es kam kein Wort heraus, daher versuchte er zu lächeln, das klappte aber auch nicht.

»Und mich? Magst du mich auch ein bisschen,

Daniel? Auch wenn ich so oft Rolltreppe gefahren bin?«

»Klar, ich ...«, der Rest der Worte war wohl irgendwo verlorengegangen. Ohne sie anzusehen, hob er eine Hand, winkte ihr unbeholfen zu und ging zu seinen Kollegen. Als Luisa nachblickte, bemerkte sie, dass ihre Mutter hinten aus dem Pausenraum kam. Daniel musst es auch registriert haben, denn er ging eilig auf sie zu. Beide trafen sich etwa bei der Zeitschriftenabteilung und standen eine Weile schweigend voreinander und schauten zu Boden. So, als wäre etwas heruntergefallen, das sie nur aufheben müssten, es aber nicht taten.

Das war nicht gut.

Gar nicht gut.

»Jetzt ist es wohl wirklich zu spät«, flüsterte Luisa traurig und wagte gar nicht, zu Herrn Wunder zu gucken, der würde jetzt garantiert nicht lächeln, denn das müsste ja jeden Menschen umhauen.

* * *

✯ ✯ ✯

Der Tumult in der Schuhabteilung wurde größer. Luisa stellte sich hin, um besser sehen zu können. Das gesamte Personal schien etwas vor sich herzuschieben, und zwar hinten aus
der Schuhabteilung raus, rüber zum Treppenhaus. Erst nach einer Weile konnte Luisa erkennen, dass die gesamte Verkäuferschar, angeführt
von Frau Schmattke, dicht gefolgt von Frau Wildbolz, Herrn Kleinhans und Frau Bolduan, den
Geschäftsführer vor sich hertrieb.

Es fielen Worte wie »Ins Büro!« und »Einsper-
ren sollte man den!«, und: »Ja, dann entlassen Sie
uns doch alle, das ist uns jetzt auch egal.«

Dann verschwand der Pulk hinter der Eisentür,
die klappte noch einmal laut, dann war Ruhe.

Abgesehen von dem Mann, der irgendwo in
einer Ecke das Waschauto fuhr, war Luisa nun allein in der Halle. Das Surren klang wie bei einem
zufriedenen Kater.

»Was die wohl vorhaben?«

Herrn Wunder schien es zumindest zu gefallen, er lächelte jetzt wieder.

»Das sind nette Leute. Ob ich trotzdem dann noch hier hinkommen darf? Vielleicht mit Oma?«

Herr Wunder lächelte.

»Ich wünsche mir jetzt ganz doll noch was zu Weihnachten, weißt du, Herr Wunder? Lass Daniel einfach der Richtige sein für Mama. Denn das ist er. Das weiß ich jetzt. Er kauft Eis im Winter, er hat sie so lieb! Fast so lieb, wie ich Mama hab! Sicher, er ist kein Prinz, aber …« Luisa überlegte. »Vielleicht könnte ich Mama eine Liste machen. Wo draufsteht, was an Daniel gut ist. Weißt du?«

Sie stand eine ganze Weile so da, bis sich die Eisentür zum Treppenhaus wieder öffnete. Frau Schmattke und Herr Jordan traten ausgelassen lachend heraus, dicht gefolgt von den restlichen Kollegen, die allesamt sehr zufriedene Gesichter machten. Alle waren irgendwie ein bisschen albern. Enrice aus dem Restaurant wedelte mit den Armen und rief etwas, das die anderen stürmisch mit Beifall quittierten. Nun kam die ganze Gruppe schwatzend auf Luisa zu.

»Luisa! Da bist du ja noch!«

»Ja, Mama will noch rasch was holen«, Luisa zeigte mit dem Kinn hinüber zur Zeitschriftenabteilung, wo Luisas Mutter sich gerade in diesem Moment von Daniel wegdrehte und zur Tür lief. Luisa wollte hinter ihr herrufen, als Herr Jordan sie am Arm berührte. Es war wie die Berührung ihrer Mutter. Still und klar und nett und alleswiedergutmachend.

»Wir wollen hoch ins Restaurant und feiern. Komm doch mit.«

»Ich weiß nicht. Was wollt ihr denn feiern?«

»Henkersmahlzeit.«

»Weihnachten!«

»Alle nie gefeierten Betriebsfeste der letzten zehn Jahre!«

»Und unseren Sieg gegen den Despoten!«

Luisa war von den vielen Gründen ganz benommen.

»Ich gehe und sage es deiner Mutter, in Ordnung?«, sagte Frau Bolduan und nickte ihr aufmunternd zu.

»Meine Mama ist bestimmt nicht sonderlich froh, wenn ich noch mehr durcheinanderbringe.«

»Ach. Deine Mama versteht das schon. Ich suche sie, ja?«

»Na gut.«

Luisa wurde an die Hand genommen und ging mit den anderen die Treppe hoch. Sie fand Treppensteigen nicht ganz so aufregend wie Rolltreppefahren, aber die war schon längst abgestellt, da konnte man nichts machen. Die netten Verkäufer, die Luisa ihr ganzes Leben schon zu kennen schienen, waren offensichtlich in merkwürdiger Stimmung. So albern und ausgelassen hatte Luisa sie noch nie erlebt.

Enrique verkündete, er würde den Sekt holen und die anderen sollten die Tische zusammenstellen.

Und so entstand ein erstaunliches Durcheinander im Restaurant. Es wurde geräumt, geklappert und gejubelt.

Alle sonst so gut gefüllten Schautische mit den fertigen Speisen waren zum Geschäftsschluss leergeräumt, und Enrique musste das ganze Essen hinten aus der Küche holen.

Nach und nach brachte er große silberfarbene Schüsseln und Schachteln.

Was wohl der Geschäftsführer dazu sagen würde, dass sie hier alles leeraßen? Und wo war der denn überhaupt?

Das war merkwürdig.

Sonst waren doch immer alle so vorsichtig, jetzt

aber waren sie laut und ausgelassen. Das hatte Luisa noch nie gesehen und schon der Anblick der lachenden Verkäufer machte sie fröhlich. Alle saßen sie schwatzend beisammen, an einer langen Reihe schief zusammengestellter Tische, lachten, verteilten klappernd Teller und Besteck, und Enrique brachte noch viel mehr große, dampfende Schüsseln aus der Küche.

»Henkersmahlzeit!«, rief Herr Jordan wieder. Und alle lachten.

»Her damit!«

»Lieber den Magen verrenken als dem Böttcher was schenken!«

»Ja, genau!«

Luisa saß am Kopfende des langen Tisch-Puzzles, das an einer fest montierten Bank, die ganz an der langen Wand entlanglief, aufgereiht war. Links von ihr auf der Bank saß Herr Kleinhans, neben ihm Frau Bolduan. Und dann eine ganze Reihe von vertrauten Gesichtern. Rechts von Luisa saß Herr Jordan. Dann kamen Frau Schmattke, Frau Wildbolz, Frau Willers und am Ende der Tafel, Luisa gegenüber sozusagen, nahm Frau Krüger, die Sekretärin, sichtlich zufrieden Platz.

»Juhu!«, winkte die.

Luisa lachte.

»Geht es dir wieder besser, Fräulein Hauptmann?«

Luisa musste kurz überlegen. Das war doch der
Name ihrer Mama? Ach, sie selbst war gemeint?

»Ja, danke!«, rief sie zurück und stand vor lauter Aufregung beim Zurückwinken kurz von ihrem Stuhl auf.

Jetzt stand Enrique auf und klatschte laut in die
Hände.

»Das Buffet ist eröffnet! Lasst es euch schme-
cken. Ich will keine Reste sehen!«

Dann stellte er die einzelnen Gerichte vor; und
zwar mit so einer Begeisterung, dass Luisa das
Wasser im Mund zusammenlief, obwohl sie doch
sonst nur Pfannkuchen und Würstchen mochte.
Trotzdem war sie viel zu aufgeregt, um etwas zu
essen. Dafür schaute und hörte sie umso aufmerk-
samer zu.

»Oh! Wen haben wir denn da! Schaut mal!«,
rief Frau Schmattke plötzlich. Daniel war in der
Tür erschienen.

Luisa musste sich erst umdrehen, um ihn zu sehen. Er hatte jetzt einen grauen Pullover und eine
Jeans an.

»Was macht ihr denn hier?«

»Henkersmahlzeit. Komm her.« Herr Jordan

schob einen Stuhl neben Luisa zurecht und Daniel trat zögernd näher.

Enrique johlte ein Willkommen über den ganzen Tisch und ließ einen weiteren Sektkorken knallen. Alle Damen quietschten vergnügt. »Aber was genau? Ich meine – ? Was ist denn hier los? Sind die alle irre geworden, oder was?«, flüsterte Daniel mit einem Augenzwinkern.

»Sie sind alle plötzlich so lustig«, sagte Luisa und versuchte auch zu zwinkern, was zwar nicht recht klappte, aber Daniel dennoch zum Lachen brachte.

Er redete ja richtig mit ihr. Keine Ermahnung, kein strenger Blick. Das war schön. Daher zuckte Luisa lässig mit den Schultern. Sie bekam langsam Übung darin, mit Daniel zu reden.

Ihm wurde ein sauberer Teller hingeschoben und Herr Jordan und Herr Kleinhans hielten ihm Schalen mit Kroketten und duftendem Geschnetzeltem hin. Daniel überlegte kurz, dann griff er zu. Er hielt den Löffel falsch. Aber Luisa beschloss, ihn nicht darauf hinzuweisen.

»Die reden alle gerne mit dir.«

»Meinst du?«, fragte Daniel mit vollem Mund und grinste. Es war das erste Mal, dass die Farbe seiner Augen sie nicht erschreckte.

»Nicht mit …« Luisa hielt mitten im Satz inne.

Daniel hob fragend die Augenbrauen.

»Ach nichts. Schon gut. Mir ist es halt nur aufgefallen, dass alle gerne mit dir quatschen.« Luisa lachte und nahm eine Krokette von seinem Teller. Mit den Fingern. Daniel grinste sie an.

»Und wie die gerne mit unserem Daniel reden! Vor allem die Damen!«, betonte Herr Jordan und ließ ein tiefes Lachen hören.

»Oh, ja!«, bestätigte Herr Kleinhans.

Aber je länger Daniel Luisa so anschaute und ihr zuzwinkerte, desto trauriger schien er zu werden. Luisa sah das deutlich in seinem Gesicht. Und daran, dass sein Jungengrinsen immer kleiner wurde. Er dachte wahrscheinlich an Luisas Mutter, wie sie vorhin von ihm weggegangen war, und das war nicht so lustig. Bevor Luisa Daniel irgendetwas Nettes sagen konnte, damit er verstand, dass sie wirklich, wirklich nichts mehr gegen ihn hatte, rief Herr Kleinhans: »Und nun will ich die ganze Geschichte mal von Anfang an hören. Gisela, nun sag mal, was ist denn los. Und warum haben wir gerade diesen Giftzwerg in sein Büro eingeschlossen.«

»Ihr habt was?« Daniel setzte schwungvoll das

Glas ab, das ihm Enrique in die Hand gedrückt hatte.

»Ihn eingesperrt.«

»Ihr?« Er zeigte in die Runde. »Ihr? Die ihr nicht mal einer Fliege was zuleide tun könnt, ihr habt – «

»Ja. Er hat uns vorher mit Kündigung gedroht.«

»Zum hundertsten Mal.«

»Zum tausendsten!«

»Millionsten!«

»Er redet von nichts anderem!« Herr Jordan haute auf die Tischplatte. Das Geschirr polterte. Plötzlich redete niemand mehr, alle schauten nachdenklich auf ihre Sektgläser.

»Mir wird das Kaufhaus fehlen«, sagte Frau Schmattke gerührt und wischte sich kurz über ein Auge.

Daniel stand auf und räusperte sich. »Er kann euch doch nicht alle …«

»Doch, hat er«, bestätigte Herr Kleinhans und öffnete noch eine weitere Sektflasche.

»Er hat uns allen gekündigt. Einfach so.« Frau Krüger tippte an ihren grauen Kopf. Sie wirkte amüsiert, aber wenig beunruhigt, was Luisa wiederum etwas verwirrte.

»Na, so einfach auch nicht. Wir haben ihn ganz schön beschimpft, Frau Krüger.«

Plötzlich hielt Frau Wildbolz inne und dachte einen Moment nach. »Wenn nun alle weg sind und morgen ...«

Alle hörten auf zu kauen und verstummten.

»Oh.«

»Morgen ist doch ...«

»Oh!«, seufzte jemand, lauter.

»Morgen ist doch Heiligabend, oder?«

Luisa nickte eifrig. Egal was für ein Chaos hier herrschte, DAS würde Luisa nicht eine Sekunde vergessen.

Ja! Morgen war Weihnachten! Der tollste Tag des Jahres!

Die Erwachsenen schienen das nicht so sensationell zu finden, sie wirkten irgendwie nachdenklich.

»Das ist ihm doch egal. Meinst du, der hat romantische Gefühle?«, fragte Herr Jordan zurück, hielt Herrn Kleinhans sein Sektglas hin und fügte freundlich lächelnd an: »Wir sollten uns duzen.«

»Richard.«

»Hieronymus.«

»Angenehm.«

»Mir auch.«

Luisa beobachtete das alles gebannt. Sie war mucksmäuschenstill, damit niemand auf die Idee kam, sie wegzuschicken. Daniel war ihr wieder ein Stückchen weniger fremd. Seine blonden Haare waren über dem abstehenden Ohr ganz kurz. Sein Kopf war rund, im Nacken angenehm geschwungen. Er sah, ja, er sah nett aus. Nicht fremd, sondern nett. Luisa war so in Gedanken, dass sie ihm aus einem Impuls heraus über das Stoppelhaar strich. Es war ganz weich. Man konnte es nicht flechten, aber es war weich und nett. Luisa war der Ansicht, dass Haare viel über einen Menschen aussagten. Und Haar, das so weich war, konnte nicht einem schlechten Menschen gehören.

»Ich glaube auch nicht, dass Herr Böttcher irgendwas von Weihnachten hält, er hat ja nicht mal Weihnachtsschmuck in seinem Büro!«, rief nun die Sekretärin von ganz hinten quer über den Tisch. Sie schien sich mit irgendwem zu unterhalten. Es klang erstaunlich heiter. Frau Willers nickte eifrig. Vielleicht etwas beschwingter als erwartet.

»Aber morgen haben wir eigentlich bis zwölf Uhr auf.«

»Wir?«

»Na, das Kaufhaus halt.«

»Das ist sein Problem. Er hätte uns ja nicht rauswerfen müssen.«

»Er hätte vor allem die Kleine nicht so anschreien dürfen. Was zu viel ist, ist zu viel!«

Und damit hatten sie die trüben Gedanken vom Tisch gefegt. Was morgen in dem Kaufhaus geschehen sollte, war niemandem klar, aber es schien auch niemanden lange zu interessieren.

Mittlerweile war Enrique bei den Nachspeisen angelangt.

Tablettweise brachte er Gläser mit Götterspeise und Tiramisu.

»Au ja, ich nehme Glibberpuding!«, rief Luisa begeistert. Plötzlich sahen alle wieder in ihre Richtung. Das hatte sie vermeiden wollen. Daniel schaute lächelnd zu ihr herunter, nickte, nahm ein Glas für sie vom Tablett und stellte es vor sie hin.

»Ich mag den auch am liebsten«, sagte er und angelte mit seiner großen Hand noch drei weitere Gläser. »Reserve.«

Luisa war hingerissen.

Die Festgemeinde vertiefte sich in wortgewaltige und lauthals vorgetragene Betrachtungen von

Nachspeise-Kreationen. Luisa hörte zu, dachte aber an was anderes.

»Es ist einfach zu blöd, dass meine Mama dich nicht mehr haben will. Dabei redet sie andauernd über dich und dein Aussehen«, Luisa musste laut sprechen, um gegen den Trubel anzukommen. Sie bemerkte nicht, dass sie dummerweise in eine plötzliche, gefräßige Stille gesprochen hatte. Jeder am Tisch hatte es gehört, hob nun langsam und sehr neugierig den Kopf und schaute zu ihr hinüber. Luisa hielt sich die Hand vor den Mund. Zu spät.

»Wie war das?«, fragte Daniel, ihm schien es genauso peinlich wie Luisa zu sein.

Alles guckte nun zu ihm und er wurde zeitgleich mir Luisa rot.

Frau Schmattke seufzte: »Was für ein Chaos! Der Tag hatte schon so schlecht begonnen. Erwin hat Schnupfen und ich wollte ihn eigentlich nicht alleine lassen zu Hause. Dann fiel mir noch vor Ladenöffnung dieser Flakon herunter, und es gab unsagbar riesigen Ärger mit Böttcher. Der einzige Lichtblick war Luisa und ihre Suche nach einem Prinzen.«

»Oh, die Sache mit dem Prinzen, die würde ich jetzt gerne mal hören. Könnte sich jemand meiner

erbarmen und das Geschehene entre nous darle-
gen?«, fragte Herr Kleinhans in seiner üblichen,
sehr vornehmen Art, während er elegant seine
Finger faltete und offenbar in Erwartung einer
sensationellen Geschichte um sich schaute. Luisa
schüttelte den Kopf.

»Soll ich es erzählen?«, fragte Frau Bolduan
hilfsbereit und warf Daniel einen von diesen
merkwürdigen Blicken zu.

»Oh, nee, deine Erzählungen kennen wir, Silke!«, lachte Frau Willers, und alle lachten mit.
Nur Daniel neigte verlegen den Kopf.

»Gisela soll erzählen«, sagte die Sekretärin und
alle waren sofort einverstanden.

Und so erzählte Frau Schmattke den ersten Teil
von Luisas Suche nach dem Prinzen. Sie konnte
das gut. Eine Geschichte erzählen. Alle hörten aufmerksam zu und lachten an den passenden Stellen, und es war ein bisschen wie einer dieser Weih-
nachtsgeschichten zuzuhören, die Luisas Oma
gerne mal vorlas. Als sie geendet hatte, hatte Frau
Bolduan Tränen in den Augen, so gerührt war sie.

Auch Daniel musste sich über die Augen wi-
schen, und um von den Tränen abzulenken fra-
get er: »Enrique, gibt es auch Bier? Ich mag dieses
süße Zeug nicht so. Auch wenn Sekt wohl sehr

prinzenhaft ist ...« Alle lachten und Enrice stand auf und kam mit einer ganzen Batterie an Bierflaschen an den Tisch zurück. Daniel schnappte sich eine und entfernte mittels des Griffes eines Messers mühelos den Kronkorken.

»Hebelgesetz, lernen wir noch in der Schule, Luisa«, kommentierte Herr Jordan und lächelte.

Anschließend stellte Daniel die offene Flasche vor Herrn Jordan. Als Daniel sich selbst eine Flasche öffnete, schaute Luisa noch einmal ganz genau hin, wie er das machte. Sie staunte nicht schlecht und nahm bewundernd das Messer, das er ihr allerdings sanft wieder aus den Händen entwand. Das kannte Luisa schon.

»Ja, ja. Ich weiß. Messer, Gabel, Scher und Licht – «, flüsterte sie.

» – sind für kleine Prinzessinnen nicht«, vollendete Daniel den Satz. Sie nickte ernst.

»Warum genau sagst du, du willst Daniel nicht? ihr versteht euch doch super!«, sagte nun Silke.

»Magst du ihn nicht doch?«

»Klar mag sie ihn. Er ist halt mehr ein Ritter als ein Prinz.«

»Hey, Daniel, ein Kind steht dir gut.«

»Luisa ist ja auch besonders bezaubernd!«

Luisa war das alles furchtbar unangenehm und

am liebsten wollte sie unter dem Tisch verschwinden. Aber sie durfte Daniel jetzt nicht im Stich lassen. Schließlich hatte er sie gegen diesen blöden Böttcher verteidigt. Und überhaupt … Also holte sie tief Luft und sagte, so laut sie konnte: »Ich mag Daniel ja. Er ist nett. Ich dachte nur, ein Prinz wäre genau richtig für meine Mama. Ich wusste nicht, dass sie …«, sie zögerte, überlegte, sah zuerst zu Daniel hoch und dann wieder in die Gesichter der erwartungsvollen Gruppe, »… dass sie sich schon selber einen Mann ausgesucht hatte.«

»Du magst ihn also doch?«

»Ja, doch. Hab ich doch schon gesagt.«

»Und warum …«, begann Frau Schmattke, »warum will deine Mutter diesen wundervollen Kerl nicht mehr? Ist sie irre geworden?«

»Sie sagt, das wäre schwierige Ehe«, erklärte Luisa und wunderte sich, dass das die Gruppe offenbar erheiterte. »Ich verstehe die Erwachsenen einfach nicht. Ich bin wohl noch zu klein. Aber nächstes Jahr komme ich in die Schule!«

Wieder Gelächter.

»Weiber!«, schimpfte Enrique, der die Schüsseln zusammenpackte und ärgerlich auf den Nebentisch stellte.

»Was soll das ganze Gerede von Prinzen. Was Susanne braucht, ist ein Mann. Einen guten Mann. Susanne ist patente Frau, sie hat schönes Kind, was sie braucht, ist ein Mann, der ihr Leben etwas durcheinanderbringt. Ich habe fertig.«

Alles lachte brüllend. Es gab Applaus, den Enrique stehend und mit allerlei Verbeugungen entgegennahm.

»Und warum jetzt doch?«, fragte Daniel sie wispernd.

»Darum!« Luisa zeigte auf das Blau seiner Augen. »Da! Das da drin.«

»Meine Augenfarbe?« Daniel schien wirklich überrascht.

»Nein, das meine ich doch gar nicht«, Luisa wurde etwas unwirsch. »Ich finde deine Augen überhaupt nicht schön. Sie machen mir Angst. Ein bisschen. Ein kleines bisschen. Aber was ich mag, ist«, sie suchte nach der richtigen Formulierung und wackelte unschlüssig mit dem Kopf, als wolle sie das richtige Wort herausschütteln, dann fuhr sie fort: »Ich mag es, wie traurig seine Augen aussehen, wenn meine Mama nicht da ist.«

Daniel schluckte mühsam.

»Hab, hab ich, hab ich wieder was Falsches gesagt?«

Was war nur jetzt wieder los? Luisa war etwas entnervt. Immer wenn sie dachte, langsam verstünde sie, worum es geht, aber dann sagte wieder einer etwas, was sie nicht verstand.

»Ich könnte ja eine neue Liste machen. Für Mama«, versuchte Luisa Daniel aufzumuntern.

»Für deine Mutter?«

»Ja, da müsste draufstehen, warum sie dich unbedingt wiederhaben wollen muss!« Luisa wurde rot vor Entschlossenheit. Sie war jetzt auf den Stuhl gestiegen und sagte ganz laut über alle Köpfe hinweg: »Ich hab's! Wir machen eine Liste für Mama!«

Stille.

Dann Applaus.

»Gute Idee!«

»Ja, prima!«

»Soll ich diese Liste machen? Luisa? Du diktierst uns?«, fragte Frau Krüger von ganz hinten, und alle fanden das eine sensationell gute Idee.

Ehe Luisa richtig wusste, was geschah, hatte man Zettel und Stift hervorgeholt. Aber Silke griff danach: »Nein! Die Liste mache ich! Nur ich kann das! Das ist meine Kernkompetenz! Jawohl. Ein neuer Lehrgang! Prinzenlisten machen!« Und niemand widersprach ihr. Aber alle lachten laut.

Daniel schnipste energisch mit den Fingern (Luisas Mama hasste das Geräusch) und alle waren schlagartig wieder leise.

»Hey. So ein Unsinn! Was könnte auf der Liste schon draufstehen? Eine Liste? Über mich? Ich bitte euch, lasst den Unsinn!«

»Na, was du so machst und kannst und so«, schlug Herr Jordan vor. Seine Stimme hatte sich verändert, seit er Sekt und Bier trank. »Dann will sie dich wiederhaben.«

»Will sie sowieso!«, jaulte Silke dazwischen und Herr Kleinhans reichte ihr ein neues Glas Saft. »Gut. Also los. Vorschläge?« Herr Jordan machte eine Geste in die Runde. Es entstand grübelndes Gemurmel.

»Ja, dass Daniel nett ist.«

»Nett?«

»Ja. Sehr nett. Silke, schreib SEHR nett.«

»Und ich schreib daneben, dass du echt schnuckelig bist!«

»Silke! Contenance!«, rief Herr Jordan.

»Schon gut.«

»Das wird eine tolle Liste!« Luisa war begeistert, »Aber da muss jetzt echt alles, alles draufstehen und dann ändert Mama ihre Meinung bestimmt.«

»Ach, Luisa«, sagte Daniel leise, dass alle Zwischenrufe auf der Stelle erstarben, weil jeder hören wollte, was er sagte.

»Luisa, weißt du, deine Mutter ist eine ganz besondere Frau. Wenn Silke aufschreibt, was ich so mag, fällt es wahrscheinlich noch mehr auf«, er holte tief Luft und sagte dann nicht ohne einen dicken Schuss Unsicherheit: »dass *ich* nichts Besonderes bin.«

Stille.

Alles starrte Daniel an. Dann wandten alle ihre Blicke zu Silkes Liste.

»Bescheidenheit!«

»Ja, Bescheidenheit!«

»Ja! Los! Silke, schreib auf: Daniel ist sehr bescheiden.«

»Sehr, sehr, sehr bescheiden.«

»Das ist gut, das schreibe ich!«

»So. Was noch?«

»Er mag Kartoffelsalat.« Luisa hielt das für wichtig.

Man nickte, vor allem Enrique.

»Was noch? Worauf stehen die Damen denn sonst so? Vorschläge?«, fragte Herr Kleinhans. Er konnte das ja nicht wissen, er verkaufte Herrenoberbekleidung.

»Nichts. Nichts. Hört auf. Ich bin nicht so ein Frauentyp.« Daniel winkte verlegen ab.

»Was meinst du damit? Kein Frauentyp? Du?«, lachte Herr Jordan und hielt ihm eine volle Bierflasche hin, damit Daniel sie öffnen konnte.

»Frauen«, begann Daniel abwehrend, und der Kronkorken sprang lustig über die Tischplatte, nachdem er den Griff des Messers angesetzt hatte. »Frauen lesen so Sachen wie Jane Austen und so was. Und sie kaufen Schuhe und so. Ich fürchte, dass kann ich nicht.«

Stille.

Man grübelte.

»Er kennt Jane Austen!«, seufzte Frau Schmattke. »Erwin wüsste nicht mal, dass es die gibt.«

»Ich liebe Jane Austen!« Silke kaute versonnen auf dem Stift herum.

»Alles gelesen, alle Verfilmungen gesehen!«, bestätigte die Sekretärin.

»Ja, das ist wahr. Frauen lieben diese Dame!«, bestätigte Herr Jordan. »Silke, schreib, Daniel weiß, dass Frauen Jane Austen lieben.«

»Und Schuhe.«

»Ja, schreib das auf.«

Alle warteten, bis Silke diese wichtigen Punkte notiert hatte.

»Und Luisa? Hast du eine Ahnung, was deine Mutter an Männern so alles mag?« Frau Schmattke tippte sich bei dieser Frage versonnen auf die Nase.

»Oh, das ist leicht. Sie hat sich mit meiner Oma viel darüber unterhalten.«

»Und was war das, was deine Mutter an ihm mag?«

»Das!« Luisa tippte mit ihrem Finger an Daniels Oberarm. Er fühlte sich angenehm fest an. Luisa war so verwundert darüber, dass sie noch einmal etwas fester stupste.

»Oh ja!«, bestätigte nun Frau Willers enorm enthusiastisch, und Frau Krüger neben ihr lachte hinter vorgehaltener Hand laut auf.

»Nicht nur das gefällt uns an Daniel. Nicht nur das!«

»Aber Frau Schmattke! Contenance!« Herr Jordan wedelte fröhlich mit dem Zeigefinger. Und es gab ein riesiges Gelächter.

»Versteh ich nicht. Weißt du, wovon die reden?«, flüsterte Luisa zu Daniel rüber, der sich lachend die Augen zuhielt.

»Also ich notiere: tolle Oberarme und ein ganz toller …«

»Silke!!!«

Die Runde klopfte johlend Beifall auf den Tischen, dass das Besteck klimperte. Es dauerte etwas, bis sich alle wieder beruhigt hatten.

Luisa fand das lustig und war das erste Mal am Tag richtig glücklich.

»Erwin!«, rief Frau Schmattke plötzlich verwundert aus.

Und tatsächlich stand Herr Schmattke mitten im Restaurant und lächelte verschnupft.

»Guten Abend allerseits«, sagte er schüchtern und man hörte, wie erkältet er war. »Eigentlich, ja, äh, ich wollte meine Frau abholen. Ich wusste nicht, dass ihr heute Weihnachtsfeier habt.«

»Pfff, Weihnachtsfeier.«

»Als ob uns der alte Böttcher eine Feier erlaubte. Das hier ist unsere Henkersmahlzeit.«

»Aber Erwin, du gehörst doch ins Bett!«

»Ich wollte dich doch nur abholen, mein Schatz«, erwiderte er schüchtern.

Silke schluchzte leise auf. »Das ist ja so rührend! So rührend, diese Liebe!«

Luisa fand das verwirrend, denn das war doch eigentlich nur furchtbar nett von Erwin.

»Oh. Hallo, Luisa! Übrigens steht deine Mutti vor dem Haupteingang. Sie plaudert mit der Polizei und der Feuerwehr! Sucht die dich eventuell?«

»Mama?« Luisa erschrak.

»Oh, nicht wegen dir, Kleines, sondern irgendjemand hat wohl bei der Polizei angerufen und gesagt, man habe ihn gekidnappt.«

»Oh, Shit!«

»Mist!«

»Ach, du große Güte!«

»Kack noch mal! Immer wenn es so nett ist!«

»Silke! Contenance!«

»Der bescheuerte Böttcher wieder. Alles verdirbt er!«

»Hatte den gerade für eine Weile vergessen. So ein Blödmann.«

Alles erhob sich, und zusammen strömten sie, nicht allzu eilig, nach unten. Schon auf der Treppe sah Luisa, wie ihre Mutter entspannt mit einem Polizisten redete. Es war also alles halb so schlimm.

Hoffte sie.

»Ach, das ist Frank. Den kenne ich.« Daniel strich Luisa über den Kopf und ging eiligen Schrittes voraus auf den Haupteingang zu. Die Glastür war verschlossen und musste erst geöffnet werden. Das Blaulicht mehrer Mannschaftsbusse der Polizei tauchte die Eingangshalle in ein gespenstisches Blau. Einer der Polizisten trat ein.

Luises Mutter hingegen blieb draußen und machte Zeichen zu Luisa, sie solle rauskommen. Die zögerte.

»Geh du doch noch mal zu ihr, Daniel.« Sie zupfte an seinem Ärmel. Er wirkte ratlos, schüchtern und irgendwie fand das Luisa besonders nett. Es war wie bei Lionel.

»Ich weiß nicht, Luisa. Das hat doch keinen Zweck, wir haben vorhin doch noch bei den Zeitschriften darüber gesprochen.«

»Aber du hast doch jetzt unsere Liste.«

Daniel blieb wie angewurzelt stehen. Sie versuchte ihn sanft zu schubsen. Herr Jordan trat hinzu und kam Luisa ein bisschen zu Hilfe.

»Ja, Daniel, geh und versuche es noch mal. Morgen ist Weihnachten.« Herr Jordan schob ihn sanft Richtung Ausgang.

Daniel ging.

»Einmal herhören, bitte! Wer hat denn nun uns und die Feuerwehr gerufen?«, fragte der Polizist, der Frank hieß. Frau Schmattke kicherte kurz, wurde dann aber schnell ernst. »Der Böttcher«, sagte sie scharf.

»Ja, Frank, der Alte war's«, bestätigte Frau Krüger unbeeindruckt.

»Echt? Der Alte? Ich meine – Geschäftsführer

Böttcher? Aber warum?« Der Polizist schaute erstaunt in die Runde und hoffte auf eine plausible Antwort.

»So ein Einsatz kostet immerhin eine ganze Menge Geld. Die Feuerwehr ist schließlich mit zwei Löschfahrzeugen angerückt. Und wir mit drei Mannschaftswagen.«

Der Polizist schaute nun mit strengem, prüfendem Blick in die Runde. Manche Kollegen standen etwas schief. Silke hatte Schluckauf und andere kicherten ohne Grund.

»Ja, äh, wir haben ihn wohl aus Versehen in sein Büro …«, begann Enrique vorsichtig.

»… geschickt«, fügte Frau Krüger eilig an.

»Der Schlüssel muss uns da wohl – irgendwie verdreht.«

»Na so was.«

»Der ist doch zu blöd. Ruft der die Bullen! Hicks.«

»Silke! Contenance!«

»Ach.« Der Polizist schaute verwirrt Frau Krüger an, die sich mit einer Liste in der Hand Luft zufächerte. Silke schaute verträumt nach draußen zu Daniel. Der stand mittlerweile etwas verloren neben Luisas Mutter.

Leider verlief das Gespräch da draußen wohl

auch nicht erhellender als das hier drinnen. Luisas Mutter schüttelte wieder mit dem Kopf und klopfte Daniel sanft, aber bestimmt auf den Arm.

Das sah nicht gut aus.

Das war Abschied.

Daniel drehte sich um, sah unbeschreiblich unglücklich aus und ließ die Schultern merklich hängen.

Er kam auf den Haupteingang zu und alles trat für ihn zur Seite. Er räusperte sich, schien sich einen Augenblick orientieren zu müssen und blickte dann auf den Polizisten.

»Hi, Frank.«

»Ach, Daniel. Weißt du, warum wir kommen sollten?«

»Ja, ja, wir haben den Chef in sein Büro gesperrt und dann das Restaurant geplündert.«

»Wie war das?«

»Ins Büro gesperrt.«

»Meine Güte, es ist Weihnachten. Der alte Sack hat es verdient!«

»Silke!«

»Ja, ja, ich sag schon nichts mehr …«

»Ihr habt was?« Der Polizist hatte offenbar das Gefühl, nur Daniel wäre noch bei Sinnen.

»Stellen Sie sich vor, Herr Wachtmeister«, schaltete sich nun Herr Kleinhans ein, »er hat uns allen gekündigt.«

»Er hat was?«

»Und das war bloß unsere Abschiedsmahlzeit. Das im Restaurant, meine ich«, stellte Herr Jordan richtig.

»Aha.« Der Polizist schien zu überlegen, wie er das Gesagte einzuordnen hatte. Dann schaute er fragend Daniel an. »Und jetzt? Wollt ihr ihn über Nacht da drin lassen?«

»Besser nicht. Ich lass ihn dann jetzt mal frei«, schlug Daniel vor, ohne auf Zustimmung gewartet zu haben, und lief die Treppe, immer zwei Stufen auf einmal nehmend, hinauf, ging oben an dem geschwungenen Geländer entlang und verschwand.

* * *

✩ ✩ ✩

Mehrere Minuten lang hatte die Gruppe geduldig auf den Geschäftsführer gewartet. Alle wirkten erstaunlich entspannt, nur Luisa war ganz starr vor Ehrfurcht.

Dann kam er.

Der Geschäftsführer.

Man hörte ihn laut und deutlich. Lange bevor er schließlich auf dem Treppenabsatz erschien.

»Das wird ein Nachspiel haben! Das wird ein Nachspiel haben! Dafür werden Sie zahlen! Ich zeige Sie an! Alle! Alle! Ins Zuchthaus müsst ihr! Alle!«, brüllte er.

»Ach, wie schön, dass sich manche Sachen nicht ändern«, sagte der Polizist gelassen und wartete, bis Herr Böttcher endlich vor ihm stand.

»Kidnapping! Das war Kidnapping! Der reinste Terror! Sabotage!«

»Jetzt beruhigen Sie sich bitte mal.« Aber der Polizist musste diese Bitte noch fünfmal wieder-

holen, ehe der Geschäftsführer sich etwas beruhigte.

»Also der Reihe nach. Name bitte!«

»Sie kennen mich doch! Sie haben doch als
Bengel immer die Bonbons aus den Gläsern geklaut! Und die Zeitschriften durchgeblättert ohne
zu zahlen!«

»Bleiben wir bei der Sache, Herr Böttcher.«

Die Gruppe kicherte vor sich hin.

»Also, Herr Böttcher, erzählen Sie mal. Oder
will jemand anderes was zur Klärung der Sache
beitragen?«

Das ließ sich Frau Schmattke nicht zweimal sagen.

»Ja! Ich kann das, Frank! Ich erzähl dir das!«
Und wieder erzählte sie die ganze, lange Geschichte.

Der Polizist hörte zu, schmunzelte und grinste
mehrfach in Richtung Daniel, klimperte entzückt
mit den Augen, als er Silke beim Schmachten zuhörte und lachte, bei jedem trockenen Kommen-
tar, den Herr Kleinhans einstreute.

»Tja, Leute. So gut ich euch verstehe, das geht
natürlich nicht – «, schloss er am Ende des hoch-
interessanten Berichts und zückte einen Schreib-
block.

»Oh nö!«

»Oh doch. Das ist leider Freiheitsberaubung und ...« Weiter kam der Polizist nicht.

»Rüdiger!«, rief plötzlich eine ältliche, zarte Frauenstimme so unerwartet spitz, dass alle erstarrten und sich verwundert umdrehten.

Eine dürre, sehr große, alte Dame mit Hut stand im Eingang und kam langsam auf die Gruppe zu.

»Hildegard! Oh!« Herr Böttcher wirkte erstaunt. Und dann kam etwas, das niemand erwartet hätte.

Er lächelte.

Es war nicht dieses riesige Lächeln von Silke, wenn sie Daniel anschmachtete, es war auch nicht dieses sehr klare und freundliche Lächeln von Erwin, wenn er auf Frau Schmattke wartete, und sicher nicht das feinsinnige Lächeln eines Herrn Jordan oder das Gentleman-Lächeln eines Herrn Kleinhans. Es war auch nicht dieses ganz breite Lächeln, wenn Enrique eine Soße probierte.

Dieses Lächeln war schüchtern. Etwas verloren.

»Rüdiger, geht es dir gut? Jemand rief mich an und sagte, die Polizei und die Feuerwehr wären auf dem Weg zu dir!«

»Oh. Und da, da bist du hierhergekommen?«

»Ja. Sicher. Ich wusste doch nicht, ob es dir gut-geht.«

»Das ist aber sehr ...«, er suchte nach einem Wort und sagte dann kleinlaut: »... lieb von dir.«

Die Gruppe betrachtete stumm diese Szene.

»Hildegard? Wer ist Hildegard?«

»Vielleicht Hildegard von Bingen. Die war zu jedem nett«, schlug Herr Kleinhans vor.

»Er ist ganz verzaubert von dieser Hildegard.« Herr Jordan nickte beeindruckt.

»Es muss eine Heilige sein!«, seufzte Silke.

»Quatsch. Das ist die geschiedene Frau Bött-cher.« Frau Krüger war bestens informiert.

»Ach.«

»Aha.«

Nun verstand auch Luisa, sie trat nachdenklich näher und schaute die Dame lange an: »Sie sind also die schwierige Ehe?«, fragte sie, ohne nach-zudenken. Und statt entsetzt zu sein, nickte die Dame nur und sah dann wieder zu Herrn Bött-cher. »Du hast von mir gesprochen, Rüdiger? Wie nett.«

»Äh.«

Mehr nicht.

Frau Schmattke beugte sich zu Luisa herun-ter: »Dass ich das erleben darf, ich fasse es nicht,

guck dir den Geschäftsführer an. Er ist ganz verlegen. Schau.«

Sie hatte natürlich vollkommen recht. Und es
war so merkwürdig, dass ihn alle nur ungläubig
anstarrten.

»Die haben mich ins Büro eingesperrt«, stotter-
te Herr Böttcher.

»Vermutlich hast du sie geärgert, ist es nicht so,
Rüdiger?«

Er nickte beleidigt. »Ich habe sie wohl, also aus
Versehen, habe ich sie wohl rausgeschmissen.«

»Entlassen? Vor Weihnachten? Ist das denn
nett?«, fragte sie. Der Polizist lächelte, klappte seinen Notizblock bedächtig zu und steckte ihn in
seine Gesäßtasche.

Daniel schien von all dem nicht viel mitzube-
kommen, er sah nur sehnsüchtig hinaus zu Luisas
Mutter, die mit einer Feuerwehrfrau sprach und
nicht so aussah, als habe sie es eilig, nach Hause
zu kommen.

Luisa überlegte, wie sie all dieses Chaos noch retten konnte.

Aber ach, das schaffte ja niemand. Was war
das nur für ein verwirrender Tag gewesen! Erst die
schwierige Suche nach dem Prinzen und dann die

Zeitschrift und dann die Schimpfe und dann arbeitslos und Daniel weg und dann das Essen und nun Feuerwehr und Polizei.

Luisa wurde ganz traurig bei diesem Wust an Unglück und schluchzte: »Ach, das ist ja alles so furchtbar. Kann man denn gar nichts machen, dass alles wieder gut wird?«

Sie rieb sich die Augen und ließ den Kopf hängen. Die Frau vom Geschäftsführer sah sie an, nickte ihr freundlich zu und wandte sich dann an ihren Mann.

»Vielleicht war es ja auch nur ein Party-Gag.« Sie ging einen Schritt auf Herrn Böttcher zu und legte ihm, was Luisa außerordentlich faszinierte, die Hand auf den Arm. Und ähnlich wie bei der Hand von Luisas Mutter schien sich eine gewisse Magie zu übertragen.

»Ja. Vielleicht. Aber, was ist mit dem Essen, das sie geklaut haben, und mit …«

»Na, na«, beschwichtigte der Polizist, der offenbar gehofft hatte, die Sache ließe sich schnell lösen.

»Ach, Rüdiger. Bei dir ist immer alles so kompliziert, da kann wohl nur ein Wunder helfen!«, seufzte Frau Böttcher.

»Ein Wunder?«, fragte Frau Schmattke.

»Wunder?«, fragte nun auch Frau Krüger, »Ja, das wäre schön. Aber wer glaubt schon noch an Wunder. Ich nicht. Dazu war ich zu lange seine Sekretärin!« Sie schob energisch ihre Brille zurecht.

»Uns kann nur ein Wunder retten, das ist wohl wahr«, nickte Herr Kleinhans.

Betretenes Schweigen folgte.

»Ja! Ein Wunder!«, rief Luisa aus und hüpfte auf und ab, dann rannte sie zu dem großen Werbelichtkasten von Herrn Wunder.

»Was meint das entzückende Kind?«

»Entzückend?«, fragte Herr Böttcher kurz, aber als er den Blick seiner ehemaligen Sekretärin bemerkte, gab er schnell Ruhe.

Luisa stand mittlerweile vor dem sepiafarbenen Bild und schien mit ihm zu sprechen.

»Sie glaubt, Herrn Wunder gibt es wirklich. Armes Ding.«

»Sie ist so süß.«

»Arme Kleine. Und die Sache mit ihrer Mutter. Das ist so schrecklich. Dabei sind Daniel und sie so ein entzückendes Paar gewesen.«

»Oh ja.«

»Das ist wahr.«

»Und seht, wie sie dasteht. Da kommen einem

ja die Tränen.« Frau Schmattke suchte nach einen Taschentuch, Erwin reichte ihr eins.

Die Gruppe ging jetzt hinter Luisa her und schien zu lauschen.

Luisa wusste, es kam jetzt alles auf sie an. Sie schaute hoch in die netten Augen von Herrn Wunder, der auf dem alten Bild auf sie wirkte, als höre er freundlich, aber auch sehr interessiert zu.

»Es ist alles meine Schuld. Die Zeitschrift, weißt du? Und dann habe ich leider gesagt, dass ich ihn nicht mag, aber ich mag ihn. Den Daniel. Da. Er hat diese Augen. Er ist trotzdem sehr nett. Alle mögen ihn. Und es tut mir auch schrecklich leid mit der Zeitung. Und mit dem arbeitslos und ach, und mit allem. Kannst du nicht was tun?«

Stille.

Die Reklametafel schwieg.

Fassungslos und mit Tränen in den Augen schaute die kleine Gruppe auf das kleine Mädchen, das voller Vertrauen auf ein Wunder in Gestalt eines Schwarzweißfotos eines unbekannten älteren Herrn, aufgenommen von irgendeiner Werbeagentur, starrte und auf Rettung hoffte.

Es war ganz still im Kaufhaus Wunder.

Man hätte eine Erbse hören können, wenn eine Prinzessin sie fallen gelassen hätte.

Und dann passierte es.

»Du willst deiner Mama einen Mann zu Weihnachten schenken? Ist Weihnachten denn wirklich eine Zeit der Wunder? Gehen Wünsche denn wirklich in Erfüllung?«

Luisa, die sich beinahe schon enttäuscht abgewandt hatte, hob den Kopf. Sie strich sich die Augen mit dem Handrücken trocken.

»Herr Wunder? Bist du es?«

»Sicher.«

»Du klingst ein bisschen wie der Böttcher.«

»Findest du?«

»Nein. Eigentlich nicht. Du klingst nett. Der Geschäftsführer kann nur schimpfen, glaube ich.«

»Aha.« Er räusperte sich. »Und du glaubst wirklich an Wunder?«

»Ja natürlich. Ich glaub an dich.«

»Ich meine selbstverständlich Weihnachtswunder.«

»Ach so. Klar. Weihnachten passieren dauernd so Sachen.«

»Aber eben war doch der Herr Böttcher ganz gemein zu dir.«

»Ach der, der hat doch nur vergessen, wie schön

Weihnachten ist. Und er ist traurig, weil er von der vielen Arbeit einsam geworden ist.«

Kurze Pause. Luisa trat vorsichtig einen Schritt zurück und wartete auf Antwort.

»Und du meinst, ich kann dir helfen?«

»Aber ja, Herr Wunder!«, rief Luisa begeistert, »Sie *sind* doch Herr Wunder!«

»Aha.« Das klang jetzt wieder ein bisschen nach Herrn Böttcher, aber Luisa überlegte, dass wohl Leute, die im Kaufhaus arbeiteten und viel zu sagen hatten, vielleicht alle so klangen.

»Ich wünsche mir, dass du meiner Mama sagst, dass der Daniel sehr nett und gar keine schwierige Ehe ist.«

»Oh.«

»Ja. Du kennst doch Daniel. Das ist der Kaufhausdetektiv.«

»Sicher.«

»Und er hat keine Arbeit mehr. Der böse Herr Böttcher hat ihn rausgeworfen. Und meine Mama auch und Frau Schmattke und Herrn Jordan …«

»… ja, ich weiß schon.« Nun schien Herr Wunder einen kleinen Augenblick ärgerlich. Dann räusperte er sich. »Äh, natürlich ist das Unsinn. Niemandem ist gekündigt worden. Das war wohl bloß ein … äh … ein kleines Missverständnis.«

»Oh, das ist ja toll. Alle dürfen hier weiter arbeiten? Herr Wunder, Sie sind der Beste.«

»Dann werde ich Herrn Böttcher sagen, er soll das mit deiner Mama und dem Daniel in Ordnung bringen.«

»Vielen, vielen, vielen Dank, Herr Wunder!« Luisa breitete die Arme aus und umarmte den Lichtkasten.

Erst hörte man Silke ein bisschen schniefen und dann klatschte Herr Jordan. Schließlich klatschten alle und fingen an zu jubeln.

Luisa hatte sich längst zu ihrer Mutter umgedreht, um zu schauen, ob sie auch alles mitbekommen hatte. Daher merkte sie nicht, wie Herr Böttcher, der hinter dem Kasten gestanden hatte, hervortrat.

Als sie sich wieder zu der Gruppe umdrehte, war sie ganz verblüfft, den Geschäftsführer so friedlich neben den anderen zu sehen. Luisa spürte, wie er sie fast ein bisschen ratlos musterte. Seine Exfrau trat neben ihn und legte ihm die Hand auf den Arm.

Wieder gab es einen Tumult, genau an der Stelle, wo es vorhin schon den lautstarken Aufruhr gegeben hatte, aber nun schienen alle gelöst und heiter.

Plötzlich legte sich eine Hand auf Luisas Rücken. »Mama!«

»Ach, meine Süße.« Sie kam auf Luisa zu und drückte sie fest an sich. »Mama, hast du gehört! Herr Wunder war hier. Du bist jetzt doch nicht arbeitslos. Hörst du. Herr Wunder erlaubt das nicht. Und dann ist doch alles nicht mehr so kompliziert, oder?«

»Ach, Schatz!«

Herr Böttcher stellte sich nun neben Luisa und schaute streng. Sofort erstarb das Gelächter.

»Sie da!« Er zeigte auf Daniel. »Herkommen.«

Daniel sah sich einen Moment um, ob er wirklich gemeint war, und trat dann vor.

»Ihnen ist klar, dass ich mit Ihnen beiden nicht so milde umgehen kann! Sie, die Ihre Tochter täglich dazu anstiften, mein Personal abzulenken, und Sie, als viel zu freundlicher Detektiv, werden garantiert nie wieder einen Wachmannposten finden. Dafür sorge ich persönlich!«

»Aber Rüdiger!«, rief seine Exfrau entsetzt.

Luisa hielt die Luft an.

Die Gruppe murrte.

Daniel nickte ernst.

»Gut. Dann werden Sie beide bis zum neuen Jahr unter strenge Beobachtung gestellt. Diese junge Dame«, Herr Böttcher zeigt auf Luisa, »wird genau überprüfen, dass Sie beide sich bessern. Dazu ist es notwendig, dass Sie Ihre Zeit gemeinsam verbringen. Keine Widerrede.«

Stille.

»Hat er das wirklich gesagt?«, fragte Herr Kleinhans in die Stille.

»Ich hab es auch gehört«, bestätigte Herr Jordan.

»Das war ja, das war ja richtig … nett.« Frau Schmattke war sichtlich und im höchsten Maße erstaunt. Herr Böttcher hob die Hand, und sofort schwiegen wieder alle.

»Und wenn Sie wiederkommen im nächsten Jahr, Frau Hauptmann, werden Sie wieder als Fotografin arbeiten. Und Sie, Daniel, Sie werden, tja, äh, ich denke, Sie werden besser was anderes. Ich denke, mein Job wird frei, junger Mann. Ich werde zu alt, um allen hinterherzujagen.«

Stille. Unterbrochen von leisen, weiblichen Seufzern.

Luisa legte ihre Hand auf das Foto von Herrn Wunder.

»Danke«, flüsterte sie.

»Aber, aber … wir beide sind doch gar nicht mehr zusammen. Wissen Sie, das funktioniert nicht ...«, versuchte Daniel stotternd zu erklären.

Geschäftsführer Böttcher spürte, wie Luisa hilfesuchend seine Hand drückte. Daraufhin rief er laut: »Küssen Sie sie, Sie Volltrottel! Sonst redet sie noch mehr so einen Unfug! Von wegen schwierige Ehe! Ihr beide passt gut zusammen. Küssen Sie sie! Und vergeuden Sie nicht meine Zeit mit Reden oder anderem Blödsinn ... den Fehler habe ich schon gemacht!«

»Ja! Küssen, küssen, küssen!«, skandierten die Umstehenden. »Wie in einem Jane-Austen-Film!«, jubelte Frau Schmattke.

Daniel kratzte sich am Kopf, aber nur kurz, dann legte er entschlossen den Arm um Luisas Mutter und zog sie zu sich heran.

Zu einem langen leidenschaftlichen Kuss.

»Prinz und Prinzessin!«

»Ja, ein kleines Wunderkaufhaus ist das hier, nicht wahr?« Herr Kleinhans seufzte unnachahmlich.

Luisa fand es einfach nur toll. Ihr Herz hüpfte und das erste Mal am Tag hatte sie das Gefühl, irgendwas richtig gemacht zu haben.

Etwas abseits von dem Lachen und Klatschen und Küssen stand Herr Böttcher, der seine Exfrau nachdenklich und sehr unsicher von der Seite betrachtete.

Luisa lief zu den beiden, ergriff erneut die Hand des Geschäftsführers und zog energisch daran. Dann schaute sie zu seiner Exfrau hoch:

»Frau Böttcher. Schauen Sie, was meine Mama kann, das können Sie doch auch.« Dann ließ sie die Hand von Herrn Böttcher los, lief um ihn herum, um ihn dann kräftig Richtung seiner Exfrau zu schieben. »Sie müssen Sie jetzt auch küssen, Herr Böttcher.«

Ob Herr Böttcher je seine Frau öffentlich küsste, wusste später niemand zu sagen, denn es kam plötzlich ein sehr eleganter Mann ins Kaufhaus spaziert.

»Frau Schmattke! Dieser Herr will zu Ihnen!«, rief Frank, der Polizist, von der gläsernen Eingangstür herüber und winkte dann zum Abschied. »Und frohe Weihnachten! Sieht aus, als braucht ihr mich nicht mehr!«

Der fremde Herr kam mit wiegendem Schritt auf die Gruppe zu. Er hatte dichtes, dunkles Haar, das nach hinten gekämmt war, und trug einen tadellosen Anzug. Er lächelte in die Runde, sah dann freundlich Frau Schmattke an: »Ich hoffe, ich störe nicht, Frau Schmattke. Ich sah noch

Licht. Es geht um das Parfüm für meine Frau und ich wollte daher dieses sicher von Ihnen wundervoll verpackte Geschenk abholen.«

»Oh. Natürlich. Auf welchen Namen denn?«

»Mein Name ist Wunder. Winfried Wunder.«

Angela Ochel
Ein Baby und zwei Opas
Roman
304 Seiten
ISBN 978-3-7466-3230-8
Auch als E-Book erhältlich

Gut gebrüllt, ist halb gewonnen

Wilhelm (73) ist total überfordert, das sieht Finn (1 1/4) sofort. Weder wusste sein Opa, dass er einen Enkel hat, noch scheint ihn die Aussicht, auf ein Baby aufpassen zu müssen, sonderlich zu freuen. Finn dagegen findet´s prima. Als dann noch der andere Opa, Alt-Hippie Gunnar, anreist und bei der Kinderbetreuung helfen will, ist das Chaos vorprogrammiert und der Wettstreit eröffnet: preußisch-korrekt gegen bio, Stadt gegen Land, Frühförderung gegen Selbstverwirklichung. Doch dann machen Finns Eltern Ärger, und plötzlich müssen alle zusammenhalten. Ob das gut geht?

Finn und wie er die Welt sieht – hochkomisch, schonungslos und garantiert kleckerfrei!

Regelmäßige Informationen erhalten Sie über unseren Newsletter. Jetzt anmelden unter: www.aufbau-verlag.de/newsletter

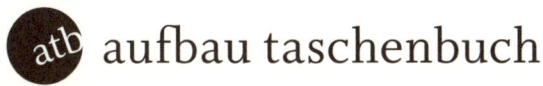